पिघली हुई लड़की

पिघली हुई लड़की

आकांक्षा पारे काशिव

राजपाल

ISBN : 9789389373165

प्रथम संस्करण : 2020 © आकांक्षा पारे काशिव
PIGHLI HUI LADKI (Stories) by Aakansha Pare Kashiv

राजपाल एण्ड सन्ज़
1590, मदरसा रोड, कश्मीरी गेट, दिल्ली-110006
फोन : 011-23869812, 23865483, 23867791
e-mail : sales@rajpalpublishing.com
www.rajpalpublishing.com
www.facebook.com/rajpalandsons

क्रम

कुछ इश्क था, कुछ हम थे, कुछ थी यायावरी 7

नीम हकीम 18

एम ई एक्सप्रेस 26

तीन 33

ठेकेदार की आत्मकथा 43

मणिकर्णिका 61

लेफ़्टओवर 73

एक बात कहूँ 79

सुरक्षा चक्र 88

हर शाख को हरियाली का हक है 102

तुम्हारे जवाब के इंतज़ार में 107

पिघली हुई लड़की 115

कुछ इश्क था, कुछ हम थे, कुछ थी यायावरी

नदी सूख गई थी।

पत्थर बालू से बाहर झाँक रहे थे। बालू सोने की तरह चमक रही थी। उसने अपनी बाजू से पसीना पोंछा और सर की टोपी को एक बार फिर ठीक किया। पेड़ के नीचे छाँह में भी बीच-बीच में हवा के झोंके उसकी आँखों को बंद कर देते थे। धीरे से उसने सँभाल कर अपना बैग खोला और उसमें से एक-एक चीज़ निकालने लगा। पानी की बोतल, सिल्वर फ़ॉइल में लिपटे हुए परांठे, उसकी पसंदीदा नीली डिब्बी में कैरी का अचार, एक छोटा नमकीन का पैकेट और एक केला। लेकिन उसे वह चीज़ नहीं मिली जिसके लिए उसने अपना पूरा बैग खोल दिया था। उसने बैग के अंदर ऐसे झाँका जैसे वह कोई सुरंग हो। बैग में आधा खुला हुआ बिस्किट का पैकेट रखा था। बिस्किट टूट कर बैग में बिखर गए थे। उसने पैकेट बाहर निकाला और बैग उलट कर झाड़ दिया। पूरा बैग खाली था। उसने अपने दोनों होंठ भींच लिए। थोड़ी देर वह निराशा से बिखरे हुए सामान को देखता रहा फिर से बैग में सारा सामान डाल दिया। अखबार ज़मीन पर बिछाकर बैग का सिरहाना बना कर वह लेट गया। वह धीरे-धीरे गुनगुनाने लगा, ''सोचेंगे तुम्हें प्यार करें कि नहीं...'' अचानक जैसे उसे कुछ याद आया वह हड़बड़ा कर उठा और बैग की आगे वाली जेब की चेन खींच दी। चेन खुलते ही नीले कागज़ का कोना झाँकने लगा। इतनी उमस में भी उसकी कल्पना में खूबसूरत पहाड़ और ठंडी हवाएँ चली आईं। उसने आहिस्ता से कागज़ निकाला और पढ़ने लगा—

प्रिय अनिकेत

आशा है अच्छे होगे। आजकल क्या नया कर रहे हो। मैं तो कुछ नहीं

कर पा रही हूँ। एक पेंटिंग कब से अधूरी है लेकिन उसे भी पूरा करने का समय नहीं मिल रहा है। उस दिन तुम्हारे साथ आर्ट गैलरी की मुलाकात बहुत अच्छी रही। अगर तुम चलने के लिए इतना ज़ोर नहीं देते तो शायद मैं कभी नहीं जाती। पर अच्छा ही हुआ कि चली गई। इस बहाने कुछ नया देखने को मिला और कुछ नए लोगों से मिल पाई। वरना परिवार की ज़िम्मेदारियों के बीच याद ही नहीं रहता कि कभी मैं पेंटिंग भी बनाया करती थी।

तुम अपनी कहो, नया शहर कैसा लग रहा है। हालाँकि तुमने बताया था कि होशंगाबाद शहर नहीं है। पर तुमने नर्मदा नदी का जो वर्णन किया है, उसे पढ़कर मुझे लगता है कि एक-न-एक दिन मैं उस शहर को देखने आऊँ। तुम्हारे पास तो बहुत अच्छा कैमरा भी है, तुम नर्मदा के कुछ अच्छे फ़ोटो खींच कर मुझे भेजना। खास कर सेठानी घाट के। पता नहीं क्यों मुझे लग रहा है कि तुम मेरा यह पत्र नर्मदा किनारे ही पढ़ रहे होगे। तुम्हें वैसे भी नदियों से बहुत प्यार है। मैं कल्पना कर सकती हूँ कि तुम मध्य प्रदेश के किसी छोटे से गाँव में होगे जहाँ नर्मदा बह रही होगी और उसके किनारे बैठ कर तुम मेरी चिट्ठी पढ़ रहे होगे तो तुम्हें कितना रोमाँच लग रहा होगा। तुम कब तक वहाँ रहोगे मुझे बताना। तुम किसी परिक्रमा की बात कर रहे थे। मुझे बताना ये नर्मदा परिक्रमा क्या होती है। और हाँ मेरे कहने का हक तो नहीं है लेकिन फिर भी कब तक भटकोगे ऐसे। अब कहीं एक ठिकाना बना लो। साल में एकाध बार घूमना तो ठीक है पर तुम तो साल में एक बार भी अपने घर नहीं जाते। क्या तुम्हारे मम्मी-पापा भविष्य जानते थे जो तुम्हारा नाम अनिकेत रखा। बिना निकेत का अनिकेत।

शेष-शुभ

सुरंगमा

उसके माथे पर पसीने की बूँदें आ गई थीं। उसने लापरवाही से अपनी शर्ट की बाँह से माथा पोंछ लिया। बाँह पर लाल निशान देख कर उसे याद आया कि अभी थोड़ी देर पहले ही वह मन्दिर गया था और पुजारी ने उसे कुमकुम का टीका लगाया था। आंवली घाट का यह मन्दिर कितना सुंदर है।

नर्मदा के किनारे वाकई शांति मिलती है। उसकी शर्ट की बाँह पर कुमकुम की बड़ी-सी लाल रेखा बन गई थी। उसे सुरंगमा की माँग याद आई जो ऐसे ही लाल कुमकुम से दिपदिपाती रहती है। वह अपनी सीधी माँग में खूब सारा कुमकुम लगाती है। सुरंगमा की याद आते ही उसे अपनी नई शर्ट पर लगे कुमकुम के दाग लगने की भी चिंता नहीं हुई। उसने धीरे से सुरंगमा की चिट्ठी को नथुनों से सटाया। पर वहाँ कोई खुशबू नहीं थी। उसने फिर ज़ोर से साँस खींची। नए कागज़ की गंध के सिवा कोई गंध नहीं आई। वह अपने आप में ही मुस्कराया और सामने देखने लगा। दूर तक हरे-भरे खेत फैले हुए थे। पास ही कंचन सी नर्मदा बह रही थी। धूप ढल गई थी। वह उठने को हुआ तो उसकी नज़र टूटे हुए बिस्किट पर पड़ी। वहाँ ढेर-सी चींटियाँ हो गई थीं। वह मुस्कराया चींटियाँ अक्सर उसे अपने बचपन में ले जाया करती हैं। उसे गाँव का अपना कच्चा घर याद आ जाता है, जहाँ गर्मियों में मटके के पास काली चींटियों का ढेर हुआ करता था। उसकी माँ लाल चींटियों को खत्म करने का हर संभव प्रयास करती थीं लेकिन काली चींटियों को कुछ नहीं करती थीं। कई बार माँ लाल चींटियों पर केरोसिन डाल देती थीं। उसे याद आया माँ कहती थीं, ''काली चींटियाँ घर में बरकत लाती हैं बेटा। इसलिए उन्हें नहीं मारते।'' वह कभी समझ नहीं पाया कि बरकत क्या होती है और हर बार काली चींटियों के आ जाने पर भी बरकत आखिर आती क्यों नहीं। राजेश के घर कोई भी चींटी नहीं आती थी, लेकिन उसने अक्सर माँ को पिता से कहते सुना था, ''उनके घर बहुत बरकत है।'' उसके घर की बरकत चींटियों के रंग की मोहताज थी, शायद इसलिए वह कभी चींटियों से न नफ़रत करना सीख पाया, न प्यार।

उसने एक बार फिर चिट्ठी पढ़ी और आहिस्ता से ऊपर वाली जेब में रख कर बैग उठा कर चल दिया।

घर लौटने पर रोज़ होने वाली थकान आज गायब थी। पूरा दिन वह नर्मदा किनारे घूमा था लेकिन थका हुआ नहीं था। उसने अपना बैग खोला और सिल्वर फ़ॉइल में लिपटे हुए परांठे निकाल लिए। पूरे दिन वह परांठे साथ में लिए घूमता रहा और अब घर आकर उन्हें खा रहा है। केला काला पड़ गया था। उसे दुख हुआ कि इससे अच्छा होता वह किसी को केला दे देता। दिन भर

बैग में केला यूँ लिए घूमने से अच्छा था वह किसी के पेट में जाता। उसकी आदत रही है, वह अक्सर खाने को वरीयता में नहीं रखता। परांठे खाए आधा घंटा हो चुका था और नींद अभी उससे कोसों दूर थी। उसने मेज़ की दराज से कागज़ निकाला और चिट्ठी लिखने बैठ गया। एक लंबा अर्सा बीता उसने अपनी बहन को चिट्ठी नहीं लिखी थी। बहन की चिट्ठी आए लगभग महीना हो गया था। वह जानता था कि वह दो लाइनें भी लिख कर भेजेगा तो भी बहन उसका हालचाल पूछती, समझाइश देती लंबी चिट्ठी लिखेगी। उसने बहुत सोच-विचार कर पहली लाइन लिखी, 'प्रिय डिंकू, कैसी हो। मैं यहाँ ठीक हूँ और होशंगाबाद में मुझे अच्छा लगने लगा है। हैडऑफ़िस के मुकाबले यहाँ काम भी कम है। तुम एक बार जीजाजी और शैतान मोहित को लेकर ज़रूर आना। मोहित को मैं नर्मदा में तैरना सिखाऊँगा। अपना ख़याल रखना। पापा कैसे हैं यह भी बताना।' नीचे उसने अपना नाम लिखा और फिर पता नहीं क्या सोचकर उसने 'पापा कैसे हैं' वाली लाइन काट दी। बहन को समझाइश की रसद ख़ुद मुहैया कराना समझदारी भरा काम नहीं था। वह इसी एक लाइन पर पूरा पेज भर कर चिट्ठी लिख सकती थी। डिंकू के पास बस एक ही चीज़ की कमी नहीं थी नसीहतों की। उसने बहन का पता लिफ़ाफ़े पर लिखा और लिफ़ाफ़े को दराज के हवाले कर दिया।

सुबह वह जल्दी ऑफ़िस चला आया। हमेशा की तरह मधु मैडम ने मुस्कराकर उसका स्वागत किया। छोटे से दफ़्तर में कुल दस लोगों के स्टाफ़ में वो अकेली थीं, जिनसे वह बात करता था। मधु मैडम ने उसका हालचाल पूछा और अपने काम में लग गईं। उसे मधु मैडम सिर्फ़ इसलिए पसंद थीं कि वे कभी अपनी परेशानियों या अकेलेपन का रोना नहीं रोती थीं। मायके के नाम पर उनका सिर्फ़ एक भाई था। पति को गुज़रे अर्सा बीत गया था और बच्चे उनके थे नहीं। पर वो कभी न अकेलेपन का बखान करती थीं न ख़ुद के लिए सहानुभूति चाहती थीं। उन्हें देखकर उसे अक्सर ऊर्जा महसूस होती थी। शाम को मधु मैडम उससे कहने आईं कि कल वो छुट्टी पर रहेंगी, तो उसका मन बुझ गया। दफ़्तर में उन्हें देखकर उसे सुकून होता है। माँ के बाद वह शायद पहली महिला हैं जिनसे वह खुलकर बात करता है। और इकलौती ऐसी शख्स जिन्हें उसने अपने और पिता के संबंध में बताया है। जब वह

जाने लगीं तो उसे ध्यान आया कि उसने आज पूरा दिन सिर्फ़ एक चाय और दो समोसों पर निकाल दिया है। भूख की याद आते ही उसे लगा जैसे उसके हाथ-पैर काँप रहे हैं। उसने घड़ी पर नज़र डाली। सात बजने में दस मिनट कम थे। वह घर जाना चाहता था। पर इतनी जल्दी घर जाने का उसका मन नहीं हुआ। और यदि घर गया भी तो खिचड़ी से ज्यादा कुछ बना नहीं पाएगा। उसने वैष्णो ढाबा जाने का फ़ैसला लिया। वह जब तक पहुँचेगा पौने आठ हो जाएगा। और तब तक खाना मिलना शुरू हो जाएगा। उसने जल्दी से अपनी फ़ाइलें समेटीं और तेज़ कदमों से बाहर आ गया। साफ़-सुथरी गली में वैपर लैंप की पीली रोशनी पड़ रही थी। देर से घर पहुँचने पर भी कोई दिक्कत नहीं थी। मकान मालकिन का दरवाज़ा देर रात तक खुला रहता है। उनके संयुक्त परिवार में इतनी भीड़ रहती है कि शुरू में उसे लगता था उनके यहाँ मेहमान रहते हैं। उसे आश्चर्य होता था कि इतने लोग राज़ी-खुशी एक साथ एक घर में कैसे रह लेते हैं। जबकि उसके परिवार में कुल चार लोग थे और चारों चुपचाप रहते थे। उसे अपनी माँ की याद आई जो मौके पर बोलना भी टाल जाती थी। थोड़ा-बहुत बहन ज़रूर बोलती थी वरना हर सदस्य एक-दूसरे से सिर्फ़ काम की बातें करता था।

वैष्णो ढाबा नोएडा के अट्टा मार्केट के ढाबे की तरह ही था। वैसी ही प्लास्टिक की कुर्सियाँ, प्लास्टिक के जग, वही सिरके वाला प्याज, वही दाल तड़का आखिर इतनी समानता आती कैसे है। वह यादों में सुरंगमा के साथ अट्टा के ढाबे पर पहुँच गया। पहली बार वह किसी लड़की के साथ बाहर खाना खाने गया था। उसने एटीएम से पाँच हज़ार रुपये भी निकाले थे उस दिन। उसने सुना था कि लड़कियों को महँगी जगहें पसंद होती हैं। लेकिन कितना उलट था उसका अनुभव। सुरंगमा ने उसकी बाँह खींच कर कहा था, "तुम चिकन खाते नहीं, वर्ना केएफसी चलते। पर कोई बात नहीं। सड़क पार करते हैं, अट्टा में एक बढ़िया जगह है वहाँ खाना खाते हैं।" वह बोलता ही रह गया कहीं ढंग की जगह बैठते हैं। लेकिन सुरंगमा ने एक नहीं सुनी। नई नौकरी की पहली तनख़्वाह में वह एक लड़की के साथ ढाबे पर बैठा था। दाल तड़का, पनीर-मशरूम की सब्ज़ी के साथ तंदूरी रोटी खाता हुआ। सुरंगमा ने हाफ़ प्लेट चावल मँगवाए और बिना उससे पूछे आधे उसकी प्लेट

में डाल दिए। सुरंगमा ने बाकी बचे चावल पर दाल डाली और हाथ से मिला कर खाने लगी। वह अभिभूत उसे देखता रहा। दिल्ली में कोई इतनी सहजता से बाहर हाथ से दाल-भात मिला कर कैसे खा सकता है।

वह बौड़म की तरह सिर्फ़ इतना ही बोल पाया, ''यही बात तुम्हें सबसे अलग बनाती है।''

''कौन सी,'' सुरंगमा ने सिर उठा कर पूछा था।

''यही कि तुम हाथ से दाल-चावल खा लेती हो, बाहर भी।''

वह बस फ़िक्क से हँस पड़ी थी और कहा था, ''बुद्धू।''

उसने लड़के को बुलाकर सिर्फ़ दाल-चावल मँगवाए। चावल की प्लेट पर दाल पलटी और हाथ से खाने लगा। वह देर तक चबा-चबा कर खाता रहा। नापसंदगी के बावजूद आज उसने सिरके वाला प्याज भी खाया। वह पैदल-पैदल धीरे-धीरे घर की तरफ़ चल दिया। इतना धीरे चलने के बाद भी जब वह घर पहुँचा तो मात्र नौ बज रहे थे। घर पहुँचकर उसने किताबों वाला गत्ते का बक्सा खोला और सारी किताबें बाहर निकाल दीं। बेचैनी से उसने फिर सारी किताबें पलटीं। आखिरकार उसे नीली प्लास्टिक की थैली में मटमैले रंग का वो लिफ़ाफ़ा मिल ही गया। उसने आहिस्ता से उसे खोला और पढ़ने लगा। दृश्य थे कि उसके सामने चले आ रहे थे। उससे कम-से-कम डेढ़ इंच लंबी सुरंगमा। भूरे-रूखे बालों वाली सुरंगमा। गालों पर मुँहासे वाली सुरंगमा। खूबसूरत लिखावट वाली सुरंगमा।

अनिकेत

मैं चाहती तो तुम्हें प्रिय अनिकेत भी लिख सकती थी। प्रिय लिखने की कोई वजह मुझे नज़र नहीं आती। हम अच्छे दोस्त हैं। तुम भी मुझे वही मानो।

सुरंगमा

उसका मन निराशा में डूब गया। अरे ये तो आखिरी वाला है। पहले वाले तीन कहाँ गए। उसने एक बार फिर सामान उलटा-पलटा। उसके हाथ में एक और लिफ़ाफ़ा आ गया। रजिस्टर के लंबे पन्ने पर लिखा गया यह पत्र, उसने कई-कई बार पढ़ा। उसने इस पत्र को इतनी बार पढ़ा था कि उसे एक-एक शब्द याद हो गए थे। शब्द उसे ऐसे याद थे कि वह पत्र बगल में रख कर

इसका एक-एक शब्द पढ़ सकता था। उसने पढ़ना शुरू किया—

अनिकेत

तुमने अपने अतीत के बारे में बताया। मैं सच में कल रात सो नहीं सकी। आखिर तुम अपने जीवन को दुर्भाग्यपूर्ण मानते ही क्यों हो। लेकिन यह अच्छा है कि तुमने ख़ुद को बर्बाद करने के बजाय सँभाल लिया। तुम सच में सेल्फ़ मेड हो। मुझे लगता है तुम्हें बुरी यादों को बिलकुल मिटा देना चाहिए। तुम्हारी तरह दुनिया में और भी बच्चे हैं जिनके पिता का व्यवहार कठोर रहता है। यह क्या कम अच्छा है कि तुम्हारी माँ और बहन तुमसे प्यार करती हैं, तुम्हारी परवाह करती हैं। मुझे लगता है कि अब तुम्हें शादी कर लेनी चाहिए। तुम बहुत अच्छे लड़के हो। कोई भी लड़की तुम्हारे साथ सुखी रहेगी। अब ये मत पूछना कि फिर मैं मना क्यों कर रही हूँ। तुम मेरी मजबूरियाँ जानते हो।

सुरंगमा

उसे लगा कि उस दिन की नमी अभी भी कहीं आँखों में जमी हुई है। वह चाहता था नमी पिघल जाए, बह जाए। वह बहुत देर ऐसे ही गुमसुम बैठा रहा। नीचे आवाज़ें आनी बंद हो गई थीं। जब से वह इस मकान में रहने आया है तब से शायद पहली बार था कि वह मकान मालकिन के परिवार के सोने के बाद तक जागा था। बाहर की नीरवता उसके अंदर धीमे-धीमे समा रही थी। दरवाज़े से आती हल्की ठंडी हवा से उसके कमरे का एकमात्र परदा हिल रहा था। उसने खिड़की की ओर नज़रें उठाईं। साफ़ आसमान में टिमटिमाते तारे देख उसने मन-ही-मन कहा, ''ओ मेरे प्यार, तुम जहाँ भी हो मुझे खोज लेना। ओ मेरे प्यार, मैं जब तक न मिलूँ मेरी तलाश जारी रखना। ओ मेरे प्यार, मैं बस तुम्हीं के भरोसे जीता हूँ कि तुम्हारा मिलना मेरे लिए साँस लेने जितना ज़रूरी है।'' उसके चेहरे पर मुस्कान आ गई। न जाने कब की यह कविता उसे आज भी शब्दशः याद थी।

सुबह कुछ भारी-सी थी। उसे दिल्ली की याद हो आई। उसने याद किया कैसे मार्च बीतते-बीतते सड़कों पर उदासी चली आती है। सड़कें पत्तियों से पट जाती हैं। सूखी पत्तियाँ वीतराग-सा पैदा करती हैं। उस शहर के मुकाबले यह शहर कितना जीवंत है। नर्मदा नदी और छोटा-सा होशंगाबाद। उसे ख़ुशी

हुई कि उसने यहाँ आने के लिए मना नहीं किया। नए प्रोजेक्ट के लिए कोई भी दिल्ली जैसा बड़ा शहर छोड़कर इस छोटे शहर में आना नहीं चाहता था। पर पिछले कुछ सालों से उसकी फितरत रही थी कि वह हर दो-चार साल में शहर बदल ही देता था। वह सोचने लगा कि उसके दिल्ली वाले ऑफ़िस में शायद एसी चलने शुरू हो गए होंगे। यहाँ कितनी ठंडक है अभी तक। उसे मौसम की ठंडक अपने मन में उतरती महसूस हुई। बहुत देर तक वह कंप्यूटर की स्क्रीन पर निगाह जमाए बैठा रहा। फिर अपना बैग खोल लिया। आहिस्ता-आहिस्ता सारे लिफ़ाफ़े बाहर निकलने लगे। सामने कागज़ों का छोटा-सा ढेर लग गया। उसने सारे पत्रों को एक बार फिर से प्यार से देखा। उसने धीरे-धीरे कर चिट्ठियाँ फाड़नी शुरू कर दीं। डेढ़ घंटे की मेहनत के बाद उसने प्रेम के पुर्जे-पुर्जे कर दिए। छोटी-छोटी चिंदियों में कभी 'सुर' शब्द दिख रहा था तो किसी में प्रेम का सिर्फ़ 'म'। उसने सारे टुकड़े उठा कर नीचे डस्टबिन में डाल दिए।

वह धीरे-धीरे सिसकने लगा। आज अचानक क्या हुआ जो उसने इतने सालों से सहेजी हुई चिट्ठियाँ फाड़ दीं। उसे खुद भी यकीन नहीं हुआ कि वह ऐसा कुछ कर सकता है। वह चिट्ठियाँ फाड़ सकता है वो भी सुरंगमा की। वह कितने दिनों से बेचैन है। लेकिन समझ नहीं पा रहा था कि ऐसा क्यों है। क्या यह मधु मैडम से रोज़ बात करने का असर है कि उसने इतना बड़ा निर्णय ले लिया। कुछ दिन पहले ही तो उन्होंने समझाइश वाले लहज़े में कहा था, ''तुम्हारे पापा लापरवाह हैं लेकिन उन्होंने तुम्हारी माँ को कभी परेशान नहीं किया, अपमानित नहीं किया, मारा नहीं, ये क्या कम बड़ी बात है। दुनिया में बहुत से पुरुष हैं जो सोचते हैं कि औरतें खुद ही अपना ध्यान रख लेंगी।'' उसे रह-रह कर ध्यान आ रहा था कि पहली बार उसने किसी से अपने पिता या परिवार के बारे में इतनी बातें की थीं। मधु मैडम उसे अपनी माँ की तरह लगती थीं। उनसे बात करके महसूस हुआ कि उसे किसी काउंसलर की ज़रूरत है। कोई ऐसा जिसके सामने वह दिल खोल कर रख दे। मधु मैडम ने ही उससे कहा था कि वह पिता से बात करे, उनके पास जाए। हो सकता है कि अब वो बदल गए हों। उन्होंने बहुत दार्शनिक अंदाज़ में कहा था, ''उम्र धीरे-धीरे सख़्ती सीखती चलती है।'' उसके मन में बचपन से रहा कि पिता, माँ का

ख़याल नहीं रखते। उनका कहना नहीं सुनते। माँ के रहते तक वह पिता से कभी-कभार बात कर लेता था। पर उनके जाने के बाद वह सिर्फ़ एक बार ही घर गया था, बहन की शादी पर। वो भी सिर्फ़ दो दिन के लिए। उसके बाद कितनी बार पिता ने बहन से चिट्ठी लिखवाई। उसने न जवाब दिया न पिता से मिलने की कोशिश की।

पहले माँ थी तो वह उसे चिट्ठी लिखा करता था। बाकायदा पोस्ट भी करता था और माँ का जवाब भी आता था। उसके चले जाने के बाद यह सिलसिला खत्म हो गया। पहली बार जब बहन ने उसे चिट्ठी लिखी थी तो वह चिट्ठी पढ़ कर खूब रोया था। माँ के बाद मिलने वाली यह पहली वास्तविक चिट्ठी थी। उसे लगा वह कुछ ज़्यादा ही भावुक है। शायद यही वजह है कि वह उस लड़की से प्यार करता रहा, जो उससे प्यार नहीं करती थी। उसका गला भर आया। उसने बहुत सोचा और पाया कि ज़िन्दगी की रेस में जब सब दौड़ते हैं वह चलने से भी इनकार कर देता है। वह कभी भी 'जो बीत गई सो बात गई' पर यकीन नहीं करता। यही बात उसे मधु मैडम ने बहुत सरल शब्दों में समझा दी है। उनके होने से उसे आश्वस्ति सी होती है। अतीत की लाश को सीने से चिपटाए घूमने की वजह से ही वह कभी पिता को माफ़ नहीं कर पाया। बस उसे इतना पता चला था कि माँ सीढ़ियों से गिरीं और फिर उठ नहीं सकीं। उस वक्त वे घर में अकेली थीं। बहन स्कूल में थी और पिता आदत के अनुसार बाहर चौपड़ खेल रहे थे। बहन जब स्कूल से लौटी तो माँ को गिरे देखा। उसका मन पिता को लेकर वितृष्णा से भर गया था। सोचते-सोचते उसका सिर भारी हो गया। वो मधु मैडम ही तो थीं जिन्होंने उससे पूछा था, ''जब बहन ने पिता को पुकारा तो क्या पिता अंदर नहीं आए थे?''

उसने अपने दिमाग पर ज़ोर डाला। बहन ने उसे बताया था कि पापा दौड़ कर घर में घुसे थे। फिर माँ को उठा कर तुरंत बाहर लाए और गोद में उठा कर पास में ही रहने वाले डॉ. गुप्ता के यहाँ गए थे। ''पर भैया पता है माँ तो घर में ही मर गई थी। गुप्ता अंकल ने कहा कि इन्हें घर ले जाइए और रिश्तेदारों को बुला लीजिए।'' उसे अपनी बहन की बात याद आई। उसका मन था कि वह बहन से पूछे, ''पापा रोए थे?'' पर छोटी बहन से इतना खराब सवाल पूछने की उसकी हिम्मत नहीं हुई। जब उसने मधु मैडम को यह बात

बताई थी तो उन्होंने सिर्फ़ इतना ही कहा था, ''मैं अपने पति के मरने पर रोई नहीं थी अनिकेत।'' वह अवाक् उन्हें देखता रहा था। ''हाँ, मैं सच में नहीं रोई। पर जब सब लोग घर से चले गए तो इतना रोई कि लगा था आज रो कर ही जान निकाल दूँगी। बहुत लोगों ने कहा कि कैसी औरत है। पर मैं जानती थी कि मुझे सबके सामने नहीं रोना है। रो देना दुख का पैमाना नहीं होता। यदि तुम्हारे पापा माँ को फ़ौरन अस्पताल न ले जाते तो मैं तुम्हें उनसे बात करने को कभी नहीं कहती।'' उसने यादों के टुकड़े-टुकड़े जोड़े। माँ के जाने के बाद पिता गुमसुम हो गए थे। वह हॉस्टल चला आया था। बहन ने ही बताया था कि पिता ने चौपड़ खेलना बिलकुल बंद कर दिया है। वह उसे अकेला छोड़ते ही नहीं हैं। जब तक वह स्कूल में रहती है पिता बाहर खाट पर अकेले बैठे रहते हैं। जैसे ही वह घर में घुसती है, तुरंत भीतर चले आते हैं। कोई बर्तन गिर जाए तो चौंक कर दौड़ते हुए वहाँ पहुँच जाते हैं। ज़रा देर न दिखूँ तो आवाज़ लगा कर पूछते हैं कि मैं ठीक हूँ या नहीं। बहन चाचा के साथ उससे मिलने हॉस्टल आई थी। उसने मासूमियत से पूछा था, ''पापा पागल तो नहीं हो गए ना भैया? पापा छुप-छुप कर माँ की साड़ियों को हमेशा फैलाते रहते हैं फिर उन्हें तह कर अलमारी में रख देते हैं।'' उसने खुद से ही सवाल किया, ''आखिर इतने सालों में उसने कभी खुद से यादों के ये टुकड़े क्यों नहीं जोड़े। अपने पिता को दूसरे नज़रिये से क्यों नहीं देखा। क्या उसने यह अकेलापन खुद चुना। क्या इसलिए वह खुद को सुरंगमा के नाम की झूठी चिट्ठियाँ लिखता रहा। सुरंगमा जिससे उसने कभी ठीक से बात नहीं की उसकी कल्पना कर चिट्ठियाँ लिखना, क्या एक झूठा सहारा खोजने की कोशिश थी?''

उसने बहन को लिखी चिट्ठी फिर निकाली और एक बार पढ़ी—

'प्रिय डिंकू, कैसी हो। मैं यहाँ ठीक हूँ और होशंगाबाद में मुझे अच्छा लगने लगा है। हैडऑफ़िस के मुकाबले यहाँ काम भी कम है। तुम एक बार जीजाजी और शैतान मोहित को लेकर ज़रूर आना। मोहित को मैं नर्मदा में तैरना सिखाऊँगा। अपना ख़याल रखना। ''पापा कैसे हैं यह भी बताना।'' वाली लाइन कटी हुई थी। उसे पढ़ पाना मुश्किल था। लेकिन उसे यह लाइन याद थी। उसने आगे लिखना शुरू किया—

'डिंकू, तुम कह रही थीं कि तुम घर जाने वाली हो। कब जाओगी बताना। मैं भी उसी वक्त छुट्टी लेकर आऊँगा। बहुत साल हो गए हम दोनों ने अपने घर पर मस्ती नहीं की। मोहित को बताएँगे कि हम लोग कहाँ छुपन छुपाई खेलते थे। पापा को मत बताना सरप्राइज़ देंगे। सोच रहा हूँ पापा को यहीं होशंगाबाद ले आऊँ। अपने पास ही रखूँगा। यह शहर अच्छ है मेरा मन भी लग गया है। पापा को भी अच्छ लगेगा। और हाँ मेरी जो मकान मालकिन हैं ना उनके पति भी चौपड़ खेलते हैं। पापा को कंपनी हो जाएगी। तुम्हें मेरी यह चिट्ठी पढ़ कर आश्चर्य होगा पर जब मिलेंगे तो सब बताऊँगा। मुझे तुम्हारी तरह खूब सारी बातें करना सीखना है। वह भी सिखाना इस बार। तुम जल्दी जवाब देना, ताकि पहले से रिज़र्वेशन करवा सकूँ।

अनिकेत'

उसने एक गहरी साँस ली। कल उसे हर हालत में यह चिट्ठी पोस्ट करनी है। यह उन चिट्ठियों के पुलिंदे से ज़्यादा कीमती है जो उसने फाड़ कर फेंक दी हैं। खुद को चिट्ठी लिख कर भरमाते रहने से तो अच्छ है वह बहन और पिता को असली चिट्ठी लिखे।

नीम हकीम

सात्विक कुमार मिश्रा ने बिस्तर पर ही भरपूर अंगड़ाई ली और दोनों हथेलियों को खोलकर सस्वर ''कराग्रे वसते लक्ष्मी कर मध्ये सरस्वती, करमूले तू गोविंदम् प्रभाते करदर्शनम्'' का पाठ किया और हथेलियाँ रगड़ कर आँखों पर लगा लीं। तीन बार यह क्रिया दोहराने के बाद अट्ठाइस साल के सात्विक कुमार ने मुँह खोला और लार से सनी तर्जनी को आँखों में काजल आंजने की तरह फिरा लिया। दोनों आँखों के साथ यह क्रिया दोहराने के बाद उन्होंने एक हाथ की दूरी पर रखा स्टूल पास खींचा और तांबे के जग में रखा पानी गटक गए। गरदन को दाएँ-बाएँ घुमाने में खुल गई शिखा में गाँठ लगाई और सुनहरे कवर में लिपटे अपने मोटो जी 4 प्लस की स्क्रीन पर उँगलियाँ घुमाने लगे। अब तक छोटे मिश्रा को गौर से देख रहे उनके बाप बड़े मिश्रा का चेहरा अचानक टेढ़ा हो गया और न चाहते हुए भी वह बोल पड़े, ''मलेच्छ पहले दातुन तो कर ले फिर इस टुनटुने पर उँगलियाँ फिराना।'' सात्विक कुमार के हाथ में मोबाइल देखते ही उनका रक्तचाप एवरेस्ट छूने लगता है। बड़े मिश्रा सब कुछ सहन कर सकते थे बस मोबाइल पर यह उँगली फिराना सहन नहीं कर सकते। इसलिए नहीं कि आम बाप की तरह उन्हें लगता है कि यह नई पीढ़ी को बर्बाद कर सकता है, बल्कि इसलिए कि यही वह डिब्बा है जो उन्हें बर्बाद किए दे रहा है। मोबाइल फ़ोन जिसे उनके कुपुत्र (बकौल बड़े मिश्रा के) स्मार्ट फ़ोन कहते हैं, ने उनकी सारी स्मार्टनेस छीन ली है। स्मार्टफ़ोन न सिर्फ़ उनका रोज़गार छीन रहा था बल्कि उनका भोकाल भी खत्म किए दे रहा था। वैसे रोज़गार जैसा उनके पास कुछ नहीं था पर जो भी था, नामुराद व्हॉट्सऐप जैसी किसी तुच्छ वस्तु ने उनकी दिनचर्या, आस-पास भैया-भैया

कह कर घूमते लोगों को छीन लिया था।

बड़े मिश्रा जी को वे दिन याद आते हैं जब वह न 'ख्यात' ज्योतिषी थे न 'विख्यात' आयुर्वेद चिकित्सक। वह सिर्फ़ राकेश कुमार मिश्रा थे, जिनके पप्पा जी सरकारी स्कूल में हैड क्लर्क थे और मम्मी जी भक्त प्रह्लाद की लेडी वर्जन। यानी धर्मपारायण, घरेलू, सीधी-सादी महिला। मुहल्ले के दूसरे बच्चों की तरह उन्होंने भी दसवीं के बाद गणित लिया था, क्योंकि उन दिनों सभी लड़कों का गणित पढ़ना अनिवार्य था। लेकिन जैसे-जैसे वह आगे की कक्षाओं में ग्रेस के साथ आगे बढ़ते गए उन्हें और उनके पप्पा जी को समझ आ गया कि यदि वह अलजेब्रा, टिगनॉमेट्री के चक्कर में ज्यादा दिन फँसे रह गए तो उनके साथ वाले बाप बन जाएँगे और इनसे कॉलेज भी पास न हो सकेगा। इसलिए जब वह बी-एससी. मैथ्स में दूसरी बार फ़ेल हुए तो पप्पा जी ने उन्हें बीए प्रथम वर्ष में प्रवेश करा दिया। बस यहीं से उनके जीवन ने करवट ली और उन्हें वह 'टर्निंग पॉइंट' मिल गया, जिसके लिए अच्छे-अच्छे लोग तरस कर रह जाते हैं।

उनका सरकारी कॉलेज बस स्टैंड से ऐन लगा हुआ था और वहाँ मचलती जवानी के साथ-साथ 'ॐ ह्रीं क्लीं' तंत्र-मंत्र और टोटके और घर का वैद्य जैसी किताबें बिना भेदभाव के बिकती थीं। सबसे पहले उन्होंने एक *निरोग धाम* खरीदी ताकि उस हष्ट-पुष्ट पुस्तक के बीच में रख कर *गदराया बदन* जैसी किताब छुपा कर पढ़ी जा सके। *निरोग धाम* पढ़ने से उनके पप्पा जी खुश होते थे और कभी-कभी माँ घुटने के दर्द के कुछ उपाय पूछ लिया करती थीं। जब जवानी, मस्ती टाइप का सारा स्टॉक वह पढ़ कर खत्म कर चुके तब एक दिन उन्होंने *निरोग धाम* पर यूँ ही उड़ती-सी नज़र डाली। उन्हीं दिनों किसी कारणवश उन्हें 'कमज़ोरी' लगने लगी थी। *निरोग धाम* की सलाह मान कर उन्होंने रोज़ सात मुनक्के गुनगुने दूध से लेना शुरू कर दिया। अब *गदराई...* जैसी किताब पढ़े बिना सिर्फ़ कवर भर देख लेने से वह फिर वही 'फुर्ती' महसूस करने लगे थे। इस बीच तंत्र-मंत्र और टोटके से उसी 'कमज़ोरी' के लिए वह इक्कीस शनिवार नींबू के छिलके से बने दीये को शाम को पीपल के नीचे जलाया करते थे। दो उपाय एक साथ कर लेने से ठीक-ठीक पता नहीं चला कि कौन से 'अटैम्प्ट' से सफलता मिली। पर उन्होंने ठान लिया

कि आम जनता की 'सेवा' में यह जीवन लगा देना है। सभी किताबें खरीदने की न उनकी हैसियत थी न ज़रूरत, इसलिए वह दुकान वाले को कुछ रुपये पकड़ाते और कागज़ पर ज्यादा-से-ज्यादा टोटके लिखने की कोशिश करते। बारीक अक्षरों में टोटके लिखने और उसे दोबारा पढ़ने में उन्हें जो महारत हासिल हुई, उसका फल उन्हें परीक्षा के दिनों में मिला। बड़े से बड़ा फर्रा वह बिना अटके परीक्षा हॉल में 'ऐज़ इट इज़' उतारने में सफल रहे। नाक में रोज़ षडबिंदु तेल की पाँच बूँदें डालने से उनका सायनस जाता रहा, इससे उनका चित्त शांत रहा और उन्हें पूजा करने का ज्यादा समय मिला। हर गुरुवार को पीले कपड़े में हल्दी की गाँठ, चने की दाल, गुड़ और पीली मिठाई मन्दिर में रखने से उनका लघु गुरु उच्च का हो गया और वह ऐसे परीक्षा केंद्र के छात्र बने जहाँ पर्ची को अछूत नहीं माना जाता था। इस तरह पूरणमाशी के चंद्रमा की तरह वह उत्तरोत्तर प्रगति करते हुए राकेश कुमार मिश्रा से श्री पंडित राकेश कुमार मिश्रा, बीए, एमए, एलएलबी, आयुर्वेद रत्न, वास्तु एवं ज्योतिष सलाहकार भये।

फिर उन पर 'मैया की कृपा' हुई और हर मंगलवार उन पर देवी की सवारी आने लगी। वह लोगों की परेशानियाँ चुटकियों में हल करने लगे, लेकिन उनकी असली 'हॉबी' अभी भी आयुर्वेद ही थी। पिछले पचास सालों से लेखक, प्रकाशक, आलोचक चिल्ला रहे हैं कि पढ़ने की आदतें कम हुई हैं। यह सच ही होगा, क्योंकि अपनी हॉबी के तहत वह जो भी उपाय लोगों को बताते थे, वह उन्हीं पत्रिकाओं से होते थे, जिनसे पाठकों ने दूरी बना ली थी। राकेश कुमार मिश्रा कब रक्कू भैया में बदल गए यह तभी पता चला जब 'नोरात्र' में सिर पर लाल चुन्नी बाँधे, गले में भगवा दुपट्टा ओढ़े जगह-जगह उनके द्वारा समस्त जनता को बधाई देते पोस्टर शहर भर में लग गए। धीरे-धीरे वह प्रसिद्ध होते गए और यह खबर दूसरे मोहल्ले तक भी पहुँच गई कि मंगल को फलां बजे उनको 'देवी' आती है। देवी उन्हीं की तरह चतुर सुजान थीं। जब तक उनके घर की जाफरी भीड़ के दबाव से चरमराने न लगती तब तक आती ही नहीं थीं! और तभी तक रुकती थीं जब तक कोई ऐसा केस न आ जाए जो पहली बार आया हो। यदि कोई पहली बार आया है और बिना पाँच घंटे इंतज़ार के वह 'देवी' से कुछ पूछने की कोशिश करता या

करती तो देवी फ़ौरन उड़नछू हो जातीं। थोड़ी देर पहले बल खाता, अंगड़ाई लेता रक्कू भैया का शरीर तुरंत तार की तरह सीधा हो जाता। वह अपने पीले गंदे दाँतों को निपोरकर कहते, ''देवी चली गईं। अब अगले मंगल।'' सामने वाला कुनमुनाता तो आँखें तरेर कर ताकीद करते, ''देवी हैं, हमाई गुलाम हैं क्या। चली गईं तो हम क्या करें। अगले मंगल चार बजे से आकर लैन में बैठ जाओ तभी दरसन होंगे।''

मंगलवार को उनका जीवन मंगल था ही लेकिन हफ़्ते में बाकी दिन भी तो थे। मंगलवार को वह भावनाओं से खेलते थे, बाकी पाँच दिन अपने 'मनोरंजन' के लिए लोगों की सेहत से खेलने लगे। इसके लिए उन्हें बहुत प्रयास भी नहीं करना पड़ा। ज्योतिष और आयुर्वेद का डेडली कॉकटेल बन जाने से जल्द ही वह कोढ़ में खाज वाले मुहावरे में तब्दील हो गए। कई बार मरीज़ की जान पर बन आती थी। उन दिनों ज्योतिष या देवी भक्त को दोयम कहने का फ़ैशन नहीं था वरना जितने दोयम वह भक्त थे उससे भी दो-चार पायदान नीचे उतर कर आयुर्वेदिक चिकित्सक थे। कोशिश तो उन्होंने बहुत की कि वह 'वैद्य जी' कहलाए जाने लगें लेकिन चमत्कारी भविष्यवक्ता का मुलम्मा उन पर कुछ ज़्यादा ही मज़बूती से चस्पा था। मंगलवार को वह 'काम हो जाएगा' टाइप सांत्वना का इतना ओवरडोज़ दे देते थे कि बाकी दिन उसका अजीर्ण ठीक करने के लिए कई बार लोगों को ऐसे ही कह देते थे, ''आँखें पीली दिख रही हैं। पित्त का असर दिख रहा है भाईसाब, लीवर पर बुरा असर डालता है पित्त। देखना कहीं सिरोसिस-इरोसिस का चक्कर न हो।''

''जिज्जी, पचास की हो रही हो, वात बढ़ता है इस उमर में, घुटने घिस जाएँगे। देखना कहीं गठिया बाय न हो जाए।'' सामने वाला सुन कर बस कलकला कर रह जाता था। देवी के भक्त से उलझना आसान है क्या। अपनी आयुर्वेदी के चक्कर में उनके कई दुश्मन हो सकते थे, लेकिन मंगलवार उन्हें हर बला से बचाए हुए था। रक्कू भैया की छवि ऐसी बन गई थी कि साक्षात् यमराज भी उन्हें देख ले तो भैंसे को यूटर्न लेने को कह दे। घोर सावधानी बरतने के बाद भी यदि रक्कू भैया की नज़र पड़ जाए तो समझो बहुत ही बुरे दिन आ गए हैं। बहुत बुरे मतलब जैसे शनि वक्री हो जाए, राहू लग्न में घुसा चला आए, केतु पंचम भाव के मंगल पर नज़र जमा दें, शुक्र सीधी दृष्टि से

सूर्य को देखे वगैरह-वगैरह। हालचाल, उसमें भी खास तबियत पूछने का पेटेंट सिर्फ़ उनके पास था। उनके अलावा पूरे मोहल्ले में कोई किसी से तबियत नहीं पूछता था। वही पूछ कर इतना प्रचारित कर देते हैं कि आदमी ढोल पीट कर भी कहे कि उसे फलां परेशानी नहीं है तो कोई यकीन नहीं करता था। जिस जाफरी में मंगलवार को पैर धरने की जगह नहीं होती थी, उसी जाफरी में बाकी दिन चूहे कुश्ती खेलते थे। यदि कोई टाइम पास करने के लिए भी उनकी जाफरी में चला जाए तो वह उसे कोई-न-कोई चूरण की पुड़िया थमा कर पचास रुपये ऐंठ लेते थे। यदि कोई गलती से अपनी मुसीबत बता बैठे तो उनकी हॉबी से ऊपर उनके अंदर का राकेश कुमार मिश्रा एलएलबी जाग जाता था। वात, कफ़ और पित्त के कारण, दोष और निवारण बता रहे रक्कू भैया अचानक धाराप्रवाह धाराओं की बात करने लगते थे। पुरानी साँस की बीमारी में हरिद्राखंड के साथ सीतोपलादि चाटने की सलाह देने वाले रक्कू भैया चंद्र-शनि की युति को मुसीबतों का कारण बताते हुए तुरंत भैरव मंत्र के एक लाख जाप कर डालने की सलाह दे डालते। बीच में उनका कोई भक्त नाक बहाता पहुँच जाता तो समझो गई भैंस पानी में। ''न-न भैया जुकाम में तुरंत दवा नहीं। तीन दिन तो बादी का पानी बहाना ही पड़ेगा। छाती में सीत जमा हो जाएगी और यही सीत जम कर साइनस कर देती है।'' रक्कू भैया का कहा ब्रह्म वाक्य। ऐसे कैसे टाल दें। तीन दिन खद्दर के कपड़े से नाक पोंछ-पोंछ कर भले ही बंदर के पिछवाड़े की तरह हो जाए लेकिन मजाल क्या कि तीन दिन से पहले कोई सीतोपलादि का कण भी चाट ले। पेट सख्त तो लवण भास्कर चूर्ण। खांसी ज्यादा तो त्रिभुवन कीर्ति, गला खराब तो, चूसने के लिए चंद्रप्रभावटी। हाथ में फाँस चुभ जाए और निकल न रही हो तो गरम दशांग लेप की पुल्टिस। यानी जो परेशानी लेकर जाओ रक्कू भैया के पास सबका इलाज। जनता के मन में संतोष कि अंग्रेज़ी दवा का 'साइड इफ़ेक्ट' नहीं होगा। और पैसा? लेंगे वह जरूर पर आगे जोड़ेंगे, ''अरे, ये तो परमारथ का काम है।'' रक्कू भैया घिसे हुए दाँतों से गुटखे को और घिसने का प्रयास करते। जी रक्कू भैया सुपारी खाते हैं। उनके इस ऐब के बारे में किसी ने चर्चा नहीं की। कभी किसी मनुष्य योनि के प्राणी ने ऐसा करने की धृष्टता की थी। फिर क्या था, बेचारा। वाकया तो किसी को याद नहीं लेकिन संवाद कोई नहीं

भूला, ''क्योंकि आयुर्वेद का ज्ञान है हमें (ज्ञान बघारते वक्त वह हमेशा मैं से हम हो जाते हैं) इसलिए लक्षण तुरंत पहचान लेंगे और अपना इलाज कर लेंगे। ऐसी कोई बीमारी नहीं है जिसे ठीक करने की शक्ति आयुर्वेद में नहीं है। चरक ने ऐसी-ऐसी दवा खोज के रखी हैं कि मुर्दे के मुँह में भी डाल दो तो वह जी जाए। अरे ऐसे ही नहीं ऋषि-मुनि वेदों में लिख गए हैं। सुश्रुत ने तो उस युग में ऑपरेशन तक कर दिया था। भारतीय संस्कृति पर गर्व करना ही नहीं आता निर्लज्जों को। आम आदमी तो आसानी से लक्षण पहचान न सकेगा। तब तक कैंसर फैल जाएगा। बाद में बीवी-बच्चे दर-दर की ठोकरें खाएँगे। बच्चे अपराधी भी हो सकते हैं, मकान-जेवर बिक सकते हैं...''

''बस-बस। समझ गया। दद्दा।'' सुनने वाले प्राणी ने भयाक्रांत होकर शास्त्रार्थ में अपनी पराजय स्वीकार कर ली थी। अलबत्ता उसने गुटखा खाना नहीं छोड़ा बस उनके सामने नहीं खाता था। उस तुच्छ मनुष्य ने तय कर लिया था चाहे जो हो जाए इस सनीच्चर के सामने गुटखे का पैकेट नहीं खोलना है। लेकिन आदमी तो है, क्या-क्या छुपा कर करे। अब केला तो छुपा कर नहीं खाया जा सकता। किसी को केला खाते देख लें रक्कू भैया, ''इलायची के दो दाने चबाओ इस पर फ़ौरन। वरना पेट पर भारी पड़ेगा।'' कोई गलती से बोल दे, ''श्रीखंड बन रहा है घर पर।''

''जायफल घिसना उसमें। बिना जायफल के तो ज़हर है श्रीखंड।'' यानी जो बोलो रक्कू भैया के पास उसका तोड़ हाज़िर।

दूसरों का जीवन नरक करते, ज्ञान बाँटते हुए राकेश कुमार मिश्रा दो बच्चों के बाप बने। बेटी की शादी कर वह कब के निश्चिंत हो चुके। लेकिन अपने धंधे से प्रेरित हो जिस पुत्र रत्न का नाम सात्विक कुमार मिश्रा रखा था, उसने उनका जीवन तामसिक कर दिया है। सात्विक कुमार मिश्रा ने अपने पिताश्री का धंधा चौपट करने में कोई कसर नहीं छोड़ी। सुबह दुर्गासप्तशति का पाठ कर, बालों में सुगंधित तेल लगाए जब तक बड़े मिश्रा जी अपने 'ऑफ़िस' में पधारते तब तक शानदार डियो लगा कर छोटे मिश्रा जी मोहल्ले के लौंडों को व्हॉट्सऐप से ज्ञान लेकर बाँट चुके होते। बड़े मिश्रा जी के कुछ दोस्त वहाँ बैठे रहते और मिश्रा जी अपनी ज्ञान पुस्तिका में से कुछ बताने की कोशिश करते तो कोई-न-कोई टोक देता, ''सात्विक बाबू इंटरनेट से देख

कर पिछले हफ़्ते ही बता रहे थे मिश्रा जी।''

''अजी बहुत देखे ऐसे इंटरनेट वाले। इंटरनेट से क्या होता है जी। और यह सात्विक बाबू क्या होता है। लड़के की तरह है तुम्हारे, सात्विक बोलो।''

लेकिन बोलने वालों ने जब बाबू का दर्जा दे दिया तो बस दे दिया। मिश्रा जी का माथा ठनका जब उनकी मंगल की दुकानदारी अचानक ठप्प होने लगी। उन्होंने अपने गुप्तचर दौड़ाए। जो पता चला उससे उन्हें गश आ गया। सात्विक बाप से दो हाथ आगे निकल चुके थे। उन्होंने ज्योतिष सलाह के लिए अपना यूट्यूब चैनल बना लिया था, जिसके दस हज़ार सबस्क्राइबर थे। उनके फ़ेसबुक पेज पर रोज़ हज़ारों की संख्या में लाइक आते थे और उनके पोस्ट व्हॉट्सऐप पर घंटे भर के भीतर कई समूहों में तैर रहे होते थे। बड़े मिश्रा जी को बस इतना ही समझ आया कि लड़का मारकेश की तरह उन पर लग गया है। उन्होंने फ़ौरन सात्विक को तलब किया। सात्विक ने सारगर्भित शब्दों में अपनी तकरीर पेश की, ''पापा जी नया ज़माना है। अब लोग घिसे-पिटे फ़ॉर्मूले नहीं चाहते। पुरानी चीज़ों पर नया मुलम्मा न चढ़ा हो तो किसी काम की नहीं रहतीं। हाई टेक ज़माना है। उसके साथ चलना पड़ता है।''

''तुम मेरे ग्राहक तोड़ रहे हो।'' बड़े मिश्रा जी काँप रहे हैं।

''बात तो यहीं खत्म हो गई पप्पा जी। आप उनको ग्राहक समझते हो मैं उन्हें मतदाता की तरह मूल्यवान।'' सात्विक कुमार ने दाँत कुरेदते हुए कहा।

''निर्लज्ज हो तुम। बाप की इज़्ज़त का भी ख़याल नहीं।''

''लो कल्लो बात। ऐसे कैसे नहीं है। जो बात आप ज़बान से समझाते हैं वोई हम मोबाइल से समझा देते हैं। कहीं भी बैठ कर ज्ञान ठेल देते हैं। आपकी तरह दस से पाँच इंतज़ार थोड़ी करते हैं। अच्छा गुस्सा छोड़िए पहले ये बताइए कि कल हमने गुप्त नौरात्री में किए जाने वाले टोटके यूट्यूब पर डाले थे वो आपने देखे कि नईं। बहुत जबरा रिस्पांस आ रहा है हमें। आपई की डायरी से लिए थे। इस्से पहले कभी कहीं ऐसा ओरजनल कंटेट था नहीं पप्पा जी!''

''दूर हो जा मेरी नज़रों से नालायक।''

''अब ये न कह देना कि इससे तो तू पैदा न होता। येई समझा रए हैं पुराने डायलॉग मारोगे तो पुराने ही रह जाओगे डियर डैडी।''

बड़े मिश्रा सब करके दुख चुके। उन्हीं के नुस्खे, उन्हीं के उपाय रोज़ कोई-न-कोई उन्हें सुना जाता है। सात्विक की सलाह पर मोहल्ले के लौंडों ने खड़े होकर पानी पीना बंद कर दिया है, क्योंकि खड़े होकर पानी पीने से घुटनों के दर्द को दुनिया का कोई डॉक्टर तो क्या डॉक्टर का बाप भी ठीक नहीं कर सकता। डॉक्टर बाप में राकेश कुमार मिश्रा भी शामिल हैं। रक्कू भैया के दोनों तरह के 'क्लाइंट' सात्विक की ओर शिफ़्ट हो गए हैं। सात्विक कुमार माथे पर गाढ़े लाल कुमकुम का तिलक लगाकर, पैरों में सफ़ेद जूते पहनते हैं और फ्रेंड, गाइड, फिलॉस्फर की भूमिका में रहते हैं। हर हफ़्ते जन्मकुंडली के सबसे बड़े शत्रु शनि के उपायों का वीडियो अपलोड करते हैं और प्रति सोमवार नि:शुल्क 'नाड़ी परीक्षण कैंप' का आयोजन करते हैं। सिर्फ़ नाड़ी छू कर वह पुरानी से पुरानी बीमारी का शर्तिया इलाज करते हैं। उनके व्हॉट्सऐप नंबर पर कभी भी कब्ज़, पेचिश, स्वाइन फ़्लू से लेकर गुप्त रोग तक का गुप्त परामर्श लिया जा सकता है। पिता की तरह वह धर्मार्थ नहीं धर्म के लिए काम करते हैं। धर्म के काम में बहुत पैसा है वह जान चुके हैं। हर आने वाले को चैनल सबस्क्राइब करने और फ़ेसबुक पेज लाइक करने की ताकीद की जाती है। वह गूगल विज्ञापन से भी कमा रहे हैं। पिता को नियमित खर्च देते हैं लेकिन उनके ग्राहकों को तोड़ने में कसर नहीं छोड़ते।

कहानी लिखे जाने तक विश्वस्त सूत्रों से सूचना मिली है, राकेश कुमार मिश्रा ने रेड मी का फ़ोन अपने परिचित से मँगवाया है। व्हॉट्सऐप सिखाने की शर्तों के साथ। सिखाने पर छोटा-सा सितारा अंकित है, जिसका खुलासा होने से रहा।

एम ई एक्सप्रेस

उनकी आँखें नुकीली और थोड़ी-सी अंदर की ओर धंसी हुई थीं। वे मुझे ज़रूरत से ज़्यादा गोरी लगती थीं। इतनी गोरी कि मुझे लगता था कि उनके रंग को भगवान को कुछ साँवले लोगों में बाँट देना था ताकि वे गेहुँए हो जाते और इनकी सफ़ेदी थोड़ी कम हो जाती। ईश्वर ने उन्हें हर चीज़ अति में दी थी। अति गोरा रंग, अति लंबे बाल, अति लंबा कद और सबसे ज़रूरी अति पैसा। इस पॉश इलाके में उनके तीन घर थे, इसी इलाके के मुख्य बाज़ार में दो दुकानें और विलासिता का हर वो सामान जिसकी कल्पना मनुष्य कर सकता था। चूँकि उनके पास सब चीज़ें अति में थीं इसलिए अकेलापन भी इसी मात्रा में था। लेकिन वे अपना अकेलापन जीती थीं और बखूबी जीती थीं।

मेरे जानने वालों में खुशहाल अकेलापन जीने वाली वह इकलौती थीं।

वो हमारे मकान मालिक की मित्र थीं और अमेरिका में रहने वाले मकान मालिक इन्हीं के भरोसे भारत में अपना मकान किराए पर देते थे और यही थीं जो ईमानदारी से किराए के पैसे का हिसाब रखती थीं, मेंटेनेंस करवातीं और दो साल में एक बार भारत आने वाले हमारे मकान मालिक को समझातीं कि किराएदार को दो एग्रीमेंट से रहने देने का मतलब होता है, मकान का हाथ से निकल जाना। यह बात उन्होंने रेंट एग्रीमेंट बनवाते वक्त ही हमें बातों-बातों में बता दी थी ताकि हम यह न समझ बैठें कि इतना अच्छ मकान मिल गया है तो हम बेफ़िक्र होकर यहाँ रह सकते हैं। उनकी बातों का आशय यह था कि पहले ही दिन से हमें दूसरे मकानों पर भी नजर रखनी चाहिए और बेफ़िक्र रहना हमारे लिए नुकसानदेह हो सकता है।

''हमारा जॉब तो ट्रांसफ़ेरेबल है,'' मैंने उन्हें यह जताने की कोशिश की

ताकि वे समझ जाएँ कि हम भी कोई लंबे समय इस मकान में तो क्या शहर में रहने की इच्छा नहीं रखते।

''वो तो ठीक है मिसेज़ देसाई पर ज़रूरी नहीं कि इस जॉब में भी आपके पति का ट्रांसफ़र हो ही जाए। आपने ही कहा है ना कि आपके पति ने नई कंपनी जॉइन की है। इस कंपनी के भी वही नियम हों ज़रूरी तो नहीं।''

उन्होंने मेरी तरफ़ देखा और चेतावनी वाली हँसी अपने चेहरे पर ले आईं। पतिदेव ने आँखों ही आँखों में इशारा किया, ''प्लीज़ यार अभी पंगा मत लो। अगर ये बिदक गईं तो मकान हाथ से चला जाएगा।'' एग्रीमेंट पर अभी भी नोटरी और बतौर केयरटेकर उनके साइन होने बाकी थे, मैंने कसमसाकर होंठ भींचे और आवाज़ में अतिरिक्त मिठास लाकर बोली, ''जी बिलकुल। नई कंपनी है पता नहीं यहाँ के क्या नियम हैं। वैसे भी हम आपके टच में रहेंगे, दूसरा मकान भी तो आप ही हमें दिलाएँगी। आप हैं तो लग ही नहीं रहा कि हम इस अनजान शहर में अकेले हैं।'' बदले में वह सिर्फ़ मुस्कराईं और पलकें झपका दीं। लगभग साठ की उम्र को छू रहीं मंजुला ईश्वरन ने मेरी बात को कोई तवज्जो न दी। मुझे खुद ही लगा कि आखिरी वाक्य मैंने बेकार ही बोल दिया। कुछ ज्यादा ही मक्खन लगाना टाइप हो गया। पतिदेव ने फिर घूरा, ''थोड़ी देर चुप ही रह लो।'' मैंने भी चुप ही रहने में गनीमत समझी। नोटरी का टाइपिस्ट मुँह में गुटखा चुभलाते हुए इतने इत्मीनान से मैटर टाइप कर रहा था जैसे इस सृष्टि पर बस यही अंतिम काम है और जैसे ही काम पूरा होगा सृष्टि मिट जाएगी। वह मैटर टाइप करने में देर करके जितना हो सकता था, सृष्टि को बचाने की कोशिश कर रहा था। मैंने ऊब से इधर-उधर देखा। पीछे की दीवार पर टँगी हुई लकड़ी की गंदी फ्रेम पेंटिंग होने का आभास दे रही थी। पेंटिंग में थोड़ा-बहुत सिर्फ़ हरा रंग ही पहचाना जा सकता था। बाकी धब्बे अपने रंग होने का यकीन भी खो चुके थे। जिस डोरी से लकड़ी का यह फ्रेम लटका था, उस डोरी की मजबूती पर मुझे आश्चर्य हुआ। क्योंकि उस पर जमी मैल की परत बता रही थी, यह डोरी धरती के अस्तित्व से भी पहले की होगी। मैं गौर से उस पेंटिंगनुमा चीज़ को देखने लगी।

''वैवम वे ववाई व्य...' मैंने चौंक कर आवाज़ की दिशा में देखा। नोटरी का असिस्टेंट मुझसे कुछ कह रहा था। मैंने अपनी दोनों भौंहें ऊपर उठाकर

कहा, ‘‘जी एग्रीमेंट इनके नाम से ही बनेगा।’’ उसने मुस्कराकर इनकार में सिर हिला कर फिर कुछ ‘ऊं-ऊं, टूं-टूं’ टाइप आवाज़ निकाली। ‘‘जी क्या ? मैं समझी नहीं।’’ मैंने बेचारगी दिखाई। वह अपने चेहरे पर थोड़े दार्शनिक भाव लाया और उसने फिर एक बार ‘वैवम, वे ववाई’ जैसा कुछ कहा। मैं इस बार भी नहीं समझी। उसने परेशान होकर मुझे देखा और फिर अपने काम में लग गया।

‘‘मैडम ने बनाई है।’’ मंजुला ईश्वरन की आवाज़ आई।

‘‘क्या मैडम ने बनाई ?’’ मैंने फिर प्रश्न किया।

‘‘वो कह रहा है, पेंटिंग मैडम ने बनाई है।’’

‘‘ओह,’’ मैंने चेहरे पर कृतज्ञता के भाव लाकर उसके चेहरे की ओर देखा। उसने मुस्कराकर तसदीक की और फिर अपने काम में लग गया। उसका मुँह पीक से पूरी तरह भर गया था पर शायद पीक के अवसान का वक्त अभी दूर था। ‘‘आपने कितनी जल्दी समझ लिया।’’ मैंने प्रशंसा के भाव चेहरे पर लाते हुए कहा।

‘‘मेरा रोज़ का काम है। ऐसे ही लोगों के साथ रोज डील करना होता है।’’ उनके बोलने में गर्वोक्ति थी। मुझे लगा कि वो अनायास ही मेरे गृहस्थन होने पर चोट पहुँचा रही हैं। क्योंकि कार में बैठते हुए ही उन्होंने पतिदेव रंजीत से कहा था कि वो दफ़्तर जाएँ और मैं उनके साथ चल कर एग्रीमेंट बनवा लूँ। रंजीत भुनभुना रहे थे कि बेकार में उनका हाफ़ डे लग गया है। रंजीत ने उनसे आधे घंटे पहले ही कहा था कि यह सब मेरे बस का नहीं है। उन्हें साथ आना ही पड़ेगा।

अक्टूबर चढ़ा जा रहा था और उसी रफ़्तार से गर्मी भी। ये तो ठंडे होने के दिन हैं। पर यहाँ तो पसीना टपक रहा था। यहाँ एक ही त्योहार ज़ोर-शोर से पता चलता है, वह है नवरात्रि। तेज़ बल्कि कर्कश आवाज़ में गाने वाले चीख रहे थे जिसका आशय था कि माँ बुला रही है और अब भी न चेते तो कब चेतोगे। शोर इतना था कि शब्द समझने मुश्किल थे। मैं दर्शन के लिए कतार में थी कि मंजुला ईश्वरन मन्दिर से बाहर आती दिखाई दीं।

‘‘तुम भी व्रत हो क्या ?’’

‘‘नहीं। बस दर्शन करने आई हूँ।’’

‘‘अकेली हो।’’

‘‘हाँ।’’

‘‘बच्चे, रंजीत कहाँ हैं?’’

‘‘रंजीत बच्चों के साथ बाहर हैं। वो लोग मेला घूम रहे हैं।’’

उनके चेहरे पर एक सेकंड के लिए असमंजस झलकी, फिर उन्होंने मेरा हाथ पकड़ कर कतार से बाहर खींचा और बिना कुछ बोले चल दीं। मन्दिर के अहाते में पहुँच कर उन्होंने किसी कृष्णा को पुकारा और तमिल में कुछ बोला। कृष्णा ने लोगों को रोकने के लिए रस्सी हटाई और मैं सीधे मूर्ति के सामने खड़ी थी। मेरे पीछे रस्सी के पार मूर्ति देखने की धक्का-मुक्की मची हुई थी। मैं गर्व से भर उठी कि इतनी भीड़ में मैं सुकून से ईश्वर के सामने खड़ी हूँ। मैंने पैसे चढ़ाने के लिए पर्स खोला तो कृष्णा ने हाथ पकड़ कर रोक दिया। मैंने हाथ जोड़े और बाहर निकल आई।

‘‘इसको पचास रुपये दे दो,’’ उन्होंने लगभग आदेश दिया। मैंने बारी-बारी से कृष्णा और उनके चेहरे को देखा। कृष्णा के चेहरे से लग रहा था कि वह कहना चाहता है, इसलिए तो मैंने अंदर पैसे नहीं चढ़ाने दिए! पचास रुपये ने मेरा एक घंटा बचा दिया था। मैंने ना-नुकूर किए बिना कृष्णा को पचास रुपये दे दिए।

‘‘रंजीत कहाँ मिलेंगे। उन्हें फ़ोन कर लो।’’

‘‘मैं तो घर जाऊँगी, ये बच्चों को मेला दिखा कर आएँगे। घर पर सासू माँ आई हुई हैं। वो अकेले परेशान हो जाती हैं।’’

‘‘अरे कल तो रंजीत मिला था, राशनवाले की दुकान पर उसने बताया नहीं।’’

‘‘आज सुबह ही आई हैं। आप आइए घर, माँ से मिलने।’’ ये मैंने कह तो दिया पर मन-ही-मन काँप गई। जब से शिफ़्ट हुए थे वो हर दूसरे-तीसरे दिन वे चली आती हैं। कोई भी बात मुँह से निकली नहीं कि तुरंत समाधान हाज़िर। एक बार हाज़िर हुई तो तीन घंटे से पहले जाती नहीं हैं। पूरी कॉलोनी की ताज़ा-तरीन सूचनाएँ अलग से। उनके सूचना तंत्र से प्रभावित होकर ही मेरी बेटी ने नाम रखा, एम.ई. एक्सप्रेस। मंजुला ईश्वरन एक्सप्रेस।

शाम को एम.ई. एक्सप्रेस हाज़िर थीं। अब हर दिन उनका आना होता

और माँ से खूब सारी बातें होतीं। माँ ने बताया कि वे बोर होती हैं। कितना पढ़ें और पोती के साथ कितना ब्रिज खेलें। ब्रिज का नाम सुनकर वह लगभग उछल पड़ीं। उन्होंने माँ से पूछा, ''आपको ब्रिज खेलना आता है?'' माँ ने हामी भरी। उन्होंने हमारी बात सुने बिना तत्काल एक फ़ोन मिलाया, हमारा घर का पता बताया और फ़ोन पर किसी को ताकीद की कि ठीक एक बजे इस पते पर पहुँचना है और एक बोर हो रही महिला के साथ ब्रिज खेलना है। फ़ोन रख कर वे हमसे मुखातिब हुईं और बोलीं, ''हो गया इंतज़ाम, एक अच्छी लेडी हैं, जीतकौर। हम तो जीतो कहते हैं। आप मिसेज़ चोपड़ा भी कह सकते हैं। वो आ जाएँगी दोपहर में। एक से चार बजे तक। माताजी के साथ थोड़ी बात कर लेंगी और ब्रिज खेल लेंगी।'' हम उनके ऑफ़र से इतने अभिभूत कि पूछो मत। कितनी अच्छी महिला हैं। ब्रिज खेलने तक के लिए एक महिला का इंतज़ाम कर लिया। बिटिया भी खुश की दोपहर को दादी की फ्रेंड आ जाएँगी तो वह भी थोड़ी देर टीवी देख लेगी। अगले दिन आँखों पर धूप का चश्मा चढ़ाए, ढीली शलवार और लंबा कुर्ता पहने मंझौले कद की जीतकौर यानी जीतो जी प्रकट हुईं और धम्म से सोफ़े पर धंस गईं। बिना किसी औपचारिकता के और समय गंवाए बिना उन्होंने माँ से पूछा, ''कितनी देर खेलोगी माताजी?'' माँ समझीं नहीं। उन्होंने अपना प्रश्न फिर दोहराया और टेबल पर पत्ते निकाल कर बिछाने लगीं। जीतकौर जिन्हें हम जीतो जी कह रहे थे, ने पानी पिए बिना अपने पर्स से दस-दस के नोट निकाले और टेबल पर रख दिए। हम कुछ कहते उससे पहले ही वो बोल पड़ीं, ''आज पहली बार है तो दस से शुरू करते हैं। बाद में देखते हैं। अभी आपकी गेम भी नहीं देखी है मैंने। ज़्यादा हारने से फिर दुख होगा।'' माँ मेरा और मैं माँ का चेहरा देख रही थी। फिर मैंने हिम्मत बटोर कर कहा, ''माँ पैसे वाले पत्ते नहीं खेलतीं, वो तो शौकिया...'' मैं आगे कुछ बोलती उससे पहले ही उन्होंने मुझे डपट दिया, ''अरे तो मैं कौन-सा लत से खेलती हूँ। समय लगाती हूँ तो कुछ तो कमाऊँगी ना। कभी तो मैं हार भी जाती हूँ। अभी परसों ही बग्गा जी के यहाँ 575 रुपये हार गई। पर कोई नी जी चलता है, अगले वीरवार हो सकता है जीत जाऊँ। उनका नौकर वीरवार को छुट्टी रखता है, इसलिए उनके यहाँ एक ही दिन जाती हूँ। आपके ही दो घर छोड़ कर जो मिस्टर मिसेज़

श्रीवास्तव रहते हैं, कल ही दो गेम जीते। एक मैंने जीता। तो ऐसा तो चलता रहता है। आप बताओ रोज़ आना है कि हफ़्ते में। टाइम पास की पूरी गारंटी मेरी। आपकी सास बोर नहीं होंगी।''

''पर पैसे से नहीं खेलना। हम जुआ नहीं खेलते।'' मैंने बहुत ही मरियल आवाज़ में कहा।

''फिर वही राग जी। मैं तो पैसे से ही खेलती हूँ। सब यहाँ ऐसा ही करते हैं। आप तो फिर भी घर पर रहती हो। हम तो उन लोगों के यहाँ भी जाते हैं जिनके बच्चे देश में ही नहीं रहते। कुछ के बेटे-बहू को तो माँ-बाप सिर्फ़ वीकएंड पर देख पाते हैं। पहले कुछ लोग पत्ते नहीं खेल पाते थे। पर हमने उनको भी सिखा दिया। आप तो बेकार में ही घबरा रहे हो। क्यों माताजी?'' उन्होंने माँ की तरफ़ देखा। हम चुप बैठे थे, वह कहे जा रही थीं, ''मैं कौन-सा शौक से खेलती हूँ जी। बस समझ लो मेरा भी टाइम पास हो जाता है। पति रहे नहीं। एक जवान बेटा आँखों के सामने चल बसा। कुछ नहीं कर सकी। बड़े बेटे-बहू को यह जानने की भी फ़ुर्सत नहीं कि मैं जीती हूँ कि मरती हूँ। और आप लोग कह रहे हो मैं जुआ खेलती हूँ। कई बार लगातार हफ़्तों तक हारी हूँ। पर उफ़ तक नहीं करती। सरदार जी बहुत छोड़ कर गए हैं मेरे नाम। मैं इसी को परमारथ मानती हूँ। यही मेरे लिए अरदास है यही पूजा। पूरा दिन बुक रहती हूँ। सुबह दस बजे घर से निकलती हूँ तो छह बजे पहुँचती हूँ। कभी-कभी तो मना करने के बाद भी कॉलोनी में ही रात नौ बजे तक की बुकिंग भी लेना पड़ती है। फिर थक जाती हूँ तो नींद भी अच्छी आती है। कीर्तन के बहाने मन्दिर में बहू की बुराई करने से तो अच्छ है कि मैं दूसरों को खुशी देने वाला यह जुआ ही खेलूँ। आप जानते नहीं हो जी। लोग मेरा इंतज़ार करते हैं। बड़ी बात नहीं कहती जी लेकिन मैं न होती तो कई लोग कबके अकेलेपन से मर गए होते। मैं भी कब की मर गई होती यदि वो मंजुला न होती। वो ताश नहीं खेलती पर बातें बनाना खूब जानती है। जब उसके पति गुज़रे तो अकेला बेटा अमेरिका से आ भी नहीं पाया। सब उसने अकेले किया। पाँच कमरों के घर में अकेली रहती है पर मजाल जो अकेलापन फटक कर उसके पास आए। घर किराए से लगाने से लेकर अकेले रह रहे बूढ़े-बूढ़ियों से बात करने तक का काम करती है। अगर कीर्तन मंडली

चाहो तो मंजुला उसका भी इंतज़ाम कर देगी। हर दिन किसी-न-किसी के यहाँ कीर्तन होता है। उनमें से कोई भी एक तुम्हारी सास को घर से ले जाएगी और छोड़ जाएगी। फ़िल्म देखने का शौक है तो उसके पास कॉलेज पढ़ने वाला एक लड़का भी है। टिकट बुक कराने से लेकर लाने-ले जाने तक हर ज़िम्मेदारी उठाता है। बस उसका टिकट खरीदना होता है। पॉपकॉर्न भी नहीं खाता। कहता है, बुजुर्गों पर बोझ नहीं डालना चाहिए। सड़क के परली तरफ़ वाली जो कॉलोनी है उसमें 115 नंबर की कोठी वाले प्रोफ़ेसर जैन उसी लड़के के साथ हर नई फ़िल्म देखने जाते हैं। डॉक्टर, मन्दिर, बाज़ार, किसी रिश्तेदार के यहाँ मिलने भेजना हो तो उसके लिए भी हमारे पास लोग हैं। तुम लोग नौकरियाँ करते हो और माँ-बाप को भूल जाते हो। फिर हमारे जैसे लोग जब तुम्हारे घर आते हैं तो तुम लोग इल्ज़ाम लगाते हो कि हम जुआ खेलते हैं।''

उनके शब्दों की किरचों से फ़र्श भर गया था।

वह उठीं और चल दीं। बिना कुछ कहे। उनके प्रलाप से अजीब-सा सन्नाटा खिंच गया था। नाराज़गी में वह अपने ताश के पत्ते टेबल पर ही छोड़ गई थीं। बिखरे से उन ताश के पत्तों पर सबसे ऊपर लाल पान की रानी रखी हुई थी। उसके चेहरे पर ठसक थी या मुझे लगी कह नहीं सकती। मैं पत्तों को समेट कर दोबारा डिब्बे में भरने लगी। एक पत्ता फिसल कर टेबल से नीचे गिर गया। मैंने झुक कर देखा, चिड़ी का जोकर अकेला रह गया था।

तीन

वह अपनी कहानी सुना कर ऐसे चली गई थी जैसे कोई बच्चों का दिल बहलाने के लिए परियों की कहानी सुना दे। उसके जाने के बाद भी शरीर पर खड़े रोंगटे बता रहे थे, मैं अब तक सहज नहीं हो पाई हूँ। सन्नाटा धीरे-धीरे कमरे से बाहर सरक रहा था और बाहर की आवाजाही की आवाज़ें भीतर घर कर रही थीं। शाम ने सूरज को उतारकर बालकनी के पीछे वाले पेड़ पर टाँग दिया था। जब चिड़ियाएँ घर लौट गईं और बल्ब के जुगनू टिमटिमाने लगे तो महसूस हुआ कि कमरे को इससे ज़्यादा रोशनी की ज़रूरत है। शीशे के दरवाज़ों पर परदा नहीं था, इसलिए अँधेरे का तुरंत एहसास नहीं हुआ। लगा वह अँधेरे में भी फुसफुसा रही है, ''किसी से कहना नहीं दीदी, बहुत खतरा है हमारी जान को। हमारा तो कुछ नहीं, टीना के बच्चा होने वाला है, उसे कुछ हो गया तो हम कहीं के नहीं रहेंगे।''

''तुम तो बहुत हिम्मती हो,'' थोड़ी देर पहले मेरा कहा गया वाक्य हवा में अभी भी तैर रहा था।

''हिम्मती कहाँ दीदी, हिम्मत होती तो सरिया पेट में घुसा कर घुमा न देते उस पापी के।''

''धनवती ये हिम्मत थोड़े ही हुई ये तो क्रूरता है,'' मुझे लगा उसके हाथ में वह अदृश्य सरिया अब भी है। बस उसे अपने ससुर के पेट में घुमाने की देर है।

''और वो तो जैसे हमें बड़े फूलों की सेज पर रखे थे ना, जो हम ऐसा कर आते तो क्रूरता होती।''

'सेज' बहुत देर तक यह शब्द मेरे अंदर खटकता रहा। कहाँ सुना है

मैंने इसी अंदाज़ में यह शब्द, सेज। कुछ तो है इस शब्द में। मैंने अपनी पूरी चेतना को झिंझोड़ डाला, याददाश्त को मथ दिया पर सेज की पुनरावृत्ति थी कि कुछ सोचने ही नहीं दे रही थी। मेरी आँखें बंद हुईं और न जाने कैसे पुष्पा बुआ का चेहरा बिजली की तरह कौंध गया।

''भाभी, सजी हुई सेज पर मैंने नरक भोगा है पहले दिन।'' पुष्पा बुआ माँ को कह रही थीं। माँ चुपचाप सुन रही थीं, बुआ ने कम-से-कम दस दफ़े सेज शब्द बोला होगा। मैंने बाकी शब्दों के अर्थ अपनी तरह से निकाल लिए थे। नरक तो मुझे बहुत दिन से पता था। बड़ी ताई दादी को कहती थीं, ''सरग-नरक सब यहीं है माई, तुमने हमारे साथ कम किया जो बिना नरक भोगे यहाँ से चली जाओगी।'' खटिया पर लेटे-लेटे दादी की कोर भीग जाती और आँखों से पानी बहकर चीकट तकिये में समा जाता। दादी को जब भी हिलना-डुलना होता तब वह गों-गों की आवाज़ निकालतीं और ताई जब फ़ुर्सत होती तब उनके पास पहुँचती। मुझे उस उम्र में ही पता चल गया था कि खटिया पर लेटे रहना, अपना कोई काम न कर सकना ही दरअसल नरक है। पर सेज का ज़िक्र किसी ने कभी नहीं किया। उस दिन के बाद पुष्पा बुआ ने भी नहीं।

''वो लोग तुम्हें बहुत मारते थे क्या,'' मैंने फूलों की सेज वाली बात सुनकर धनवती से पूछा था।

''मारते थे? मारते थे मतलब क्या दीदी, बस मार नहीं डालते थे यह कहो।'' वह अदृश्य सरिया अब भी उसके हाथ में लहरा रहा था। जब भी उसकी साँवली बाँह लहराती उसका 'जै काली मैया' वाला गोदना आँखों के सामने आता। वह जितनी बार बाँह लहराती उतनी बार मैं मन-ही-मन पढ़ती, ''जै काली मैया।'' पर मुझमें न काली जैसा बल आया न धनवती जैसा साहस। कल फिर आने की ताकीद के साथ टखने तक ऊँची साड़ी, बालों में दर्जनों क्लिप और काली मैया के जयकारे वाली बाँह ने दरवाज़ा खोला और धनवती तेज़ी से बाहर निकल गई। अपने साथ लाई कपड़ों की पोटली वह वहीं कोने में छोड़ गई थी। छोटे-छोटे पीले फूलों वाले चौकोर टुकड़े में कुछ कपड़े बंधे हुए कुनमुना रहे थे। मैं उसे समझा ही नहीं पाई कि कल आने से भी कोई फ़ायदा नहीं होगा। क्योंकि मैं समाधान से नहीं समस्याओं से प्रेम करती हूँ। मेरे लिए अनिर्णय की स्थिति ही निर्णय है। मैं फ़ैसला नहीं लेती,

जब जैसा हो जाता है, तब उसी में जी लिया करती हूँ। जब भी मुझसे मदद माँगी गई है, मैंने पलायन की योजनाएँ बनाई हैं। ऐसी एक पोटली बरसों मेरे सीने पर रखी रही थी। मुझे निशा याद हो आई।

''मैं अपने कपड़े इस्त्री करने के बहाने शंकर के यहाँ छोड़ दूँगी, तू वो कपड़े लेकर मुझे कॉलेज में दे देना। मैं अमित के साथ जा रही हूँ घर छोड़ कर। फिर हम शादी कर लेंगे।'' निशा ने बहुत उत्साह से मुझसे कहा था, जब मैं कॉलेज में थी। उसे जाना था सो वह चली गई, बिना कपड़े लिए। मैं उस दिन जानबूझकर कॉलेज ही नहीं गई। पता नहीं फिर शंकर के यहाँ वाले उसके कपड़ों का क्या हुआ, शंकर ने उसके घर कपड़े पहुँचा दिए होंगे, ऐसा मैं सोचती थी। उसके बाद मैं उसके घर भी कभी नहीं गई। जब भी मुझे वह पोटली याद आती मैं सोचती थी, 'उसे परिवार छोड़ने का दुख ज्यादा होता होगा या अपने कपड़ों का।' सालों बाद निशा मुझे मिली थी। लेकिन उसने कोई शिकायत नहीं की। बल्कि ऐसे बात की जैसे कुछ हुआ ही न हो। फिर वह मिलने लगी और इस बार उसने मुझ पर पहले से भी ज्यादा भरोसा किया। इस बार उसके भरोसे की पोटली प्रेम पत्रों में बदल गई थी। उसके दफ़्तर में कोई था जो निशा को प्रेम पत्र लिखा करता था। अमित अब उसका वैसा ख़याल नहीं रखता, शायद वह किसी और के साथ भी रहने लगा था इसलिए निशा की पूँजी अमित के बजाय वो प्रेम पत्र बन गए थे जो उसका सहकर्मी लिख रहा था।

''ये चिट्ठियाँ अमित के हाथ नहीं लगना चाहिए,'' उसने ताकीद की थी।

''लेकिन उसे पता चल गया तो ?''

''जब तक कोई विश्वासघात न करे, किसी को कुछ पता नहीं चलता।''

उसकी चिट्ठियों की छोटी-सी पोटली मेरे हाथ में देकर निशा अपनी ऊँची ऐड़ी की सैंडिल के बावजूद तेज़ी से भाग गई थी। जाते हुए उसकी आँखों ने जो कहा था उसका मतलब बहुत सीधा था, ''कपड़े बाज़ार में बहुत मिलते हैं, प्रेम पत्र नहीं।'' उसकी निगाह के 'खबरदार' को जब तक मैंने पकड़ा वह मुड़ गई।

धनवती की पोटली निशा की पोटली से बड़ी थी। निशा ने दोनों वक्त मुझे निर्जीव चीज़ों की ज़िम्मेदारी सौंपी थी, धनवती मुझे जीती-जागती लड़की

सौंपना चाहती थी, वह भी उम्मीदों से भरी। धनवती मेरे यहाँ खाना बनाती है इसके सिवा मेरा उससे कोई रिश्ता नहीं। पर कुछ तो है जो मुझे उससे जोड़े रखता है। मैं सोच रही थी कि मेरे जीवन के सिरे ऐसे लोगों से ही क्यों जुड़ते हैं जो जीवन में दुस्साहस की पूरी रसद लिए चलते हैं, जबकि मुझमें सामान्य साहस भी नहीं।

''लेकिन तुम तो पहले इतना बड़ा काम कर चुकी हो, जो मैं तो सोच भी नहीं सकती। अब तुम्हें मेरी ज़रूरत क्यों है?'' माँ ने कभी पुष्पा नाम की उस लड़की से और मैंने निशा और धनवती से अलग वक्त में अलग ढंग से यह सवाल पूछा था। पर सवाल वही था, हर अर्थ में दुस्साहसी लोगों का कायर लोगों से मदद माँगना। लोग हमेशा कहते थे कि मैं माँ की तरह हूँ। माँ की भाँति। हम दोनों के सवाल एक से होते हैं और दोनों के पास ही कभी जवाब नहीं होते, आश्चर्यजनक रूप से। लेकिन पुष्पा, माँ को कहती थी, ''मैं तुम पर विश्वास करती हूँ क्योंकि तुम कायर हो, विश्वासघाती नहीं।'' निशा माँ से नहीं मिली, माँ ने धनवती को नहीं देखा, धनवती निशा या माँ के बारे में कुछ नहीं जानती फिर भी इन सबको लगता है, मैं कायर हूँ, विश्वासघाती नहीं। धनवती अपनी कहानी नहीं सुनाती विद्रोह सुनाती है। उसके विचार हवा को सुलगा देते हैं। वह आती है तो लगता है, ऊर्जा का ज्वार आ गया है। मेरी पढ़ाई का गर्व, समाज के नियम की दुहाई सब उसकी बाँह पर गुदे 'जय काली मैया' में खो जाता है। गुदने का नीला रंग मुझे उसकी पूरी देह पर दिखाई देता है। ''देह नीली कर देता था दीदी,'' उसके यह कहने से भी पहले। मैं बहुत सोचती हूँ पर मुझे सिर्फ़ कंठ नीला किए नीलकंठ के समकक्ष धनवती की नीली देह के लिए कोई बेजोड़ उपमा नहीं सूझती। उसकी ठोड़ी पर तीन बिंदियाँ स्थायी रूप से रहती हैं जैसे उसकी काली मैया। वह हँसती है तो उसके पान से रंगे दाँत उससे ज़्यादा हँसते हैं।

पान खाती पुष्पा के सिर्फ़ दाँत ही नहीं हँसते उसकी पूरी देह हँसती है।

''तुम पान कब से खाने लगीं पुष्पा?'' माँ ने पूछा था तो उस लड़की जिसे अब बुआ कहने की सख्त मनाही हो गई थी, ने पीक थूके बिना चार उँगलियाँ दिखा दी थीं। उसकी पूरी देह मुस्करा दी अपनी भाभी को असमंजस में देख कर, चार तो कुछ भी हो सकता है ना, दिन, महीने, साल। पीक थूक

कर वह पूछती है, ''भाभी आपको डर नहीं लगता कोई मेरे साथ देख ले तो।''

''लगता है।''

''तो फिर क्यों चली आती हो।''

''तुम बुलाना जो नहीं छोड़तीं, तुम इतने भरोसे से बुलाती हो तो चली आती हूँ। पता नहीं कब तक आ पाऊँगी।'' एक टिटहरी कर्कश-सी आवाज़ करती उस पार निकल जाती है। कहीं पर दो बिल्लियों के झगड़ने की आवाज़ आती है। विश्वास रखने के लिए चली आई कायर माँ कहती हैं, ''आज कुछ भी शकुन ठीक नहीं बैठा रानी। कौन जाने ये आखिरी मुलाकात हो।''

''क्यों इसने किसी से कह दिया क्या?''

''अरे नहीं। घर में किसी से बात नहीं करती। थोड़ी डरपोक है, पर बात कभी इधर की उधर नहीं करती।'' एक डरपोक दूसरे डरपोक का परिचय शायद ऐसे ही कराता है। मैं कई साल पीछे चली जाती हूँ। फ्रॉक पहनने की उम्र वाली दुनिया में। ओह तो क्या डरपोक होने की वजह से मैंने कभी किसी को नहीं बताया कि रात को छत से पुष्पा बुआ के कपड़ों की पोटली माँ ने ही छत से फेंकी थी। डर की वजह से ही मैंने पुलिस के सामने भी नहीं कहा कि घर के जो ज़ेवर चोरी हुए हैं उसमें सिर्फ़ और सिर्फ़ इस घर की लड़की जिसका नाम पुष्पा है उसका हाथ है। पुष्पा नाम की उस लड़की की शादी जब हुई तो वह खिली हुई दुल्हन थी और लौटी तो मुरझाई हुई पत्नी बनकर। फिर बाद में वह विद्रोही अप्सरा में बदल गई। बल्ब की रोशनी में इतने साल पहले देखा गया ताऊजी, पिताजी और बड़े दादा जी का चेहरा आज तक याद है।

जब वह मायके लौटी तो सबने कहा ''वापिस जाओ।''

उसने कहा, ''किसी कीमत पर नहीं।''

तो क्या वह डर ही था जो मुझे आज तक नहीं बताने देता कि वह विद्रोही अप्सरा पहले ससुराल से मायके भाग आई, फिर मायके से एक दिलदार के साथ चल दी, घने अँधेरे में। माँ छुपकर हर वार-त्योहार उस मूँछवाले दिलदार का टीका करती है, उसे हाथ में नारियल देती है और जब उस पर पचास या सौ का मुड़ा-तुड़ा नोट रखती है। वह मूँछवाला आदमी उस पर से सिर्फ़ एक रुपये का सिक्का उठाकर माँ के पैर छू लेता है। पता नहीं क्यों माँ उसके बाद हमेशा रो देती है। माँ हमेशा मुझे साथ लेकर जाती थीं। ज़्यादातर मेरे लिए

माँगी गई किसी मनौती को पूरा करने के लिए मन्दिर जाने के नाम पर हम पुष्पा नाम की उस लड़की से मिलते थे, जिसे मैंने अल्हड़ लड़की से मुरझाती बेल और फिर खिलते फूल की तरह देखा था। जब से गाँव छूटा बरसों बीत गए मैंने अपनी उस कुल कलंकिनी बुआ को नहीं देखा।

निशा सच कहती है, जब तक किसी को खुद न बताओ बात नहीं फैलती। तभी तो आज तक किसी को पता नहीं चला कि मेरी माँ ने एक लड़की को भगाने में न सिर्फ़ मदद की बल्कि बाद में उसका समर्थन भी किया। मेरा बचपन खत्म होते तक मैंने उसे देखा और घर में किसी को शक नहीं हुआ। शायद इसलिए कि मैंने माँ से कभी अकेले में भी नहीं पूछा, ''पुष्पा से तुम्हें इतना प्रेम क्यों है?'' वह बिना जयकारे वाली बाँह के बावजूद हाथ नचा-नचा कर बात करती थी, झूमती थी। उसका रंग साँवला नहीं था लेकिन मूँछवाले आदमी के सामने उसका रंग दबा-सा लगता था। वह भी निशा की तरह पेट के नीचे तकिया रख कर कुछ लिखती थी और वह पुर्जा 'डरपोक' लड़की की मुट्ठी में भींच देती थी। उसके पुर्जे की याद कर अभी भी मेरी हथेली पसीज जाती है। मैं इतनी डरपोक निकली कि मैंने माँ से भी कभी नहीं पूछा कि अब हम उस मूँछवाले आदमी को टीका करने क्यों नहीं जाते। मैं शायद सच में डरपोक हूँ वरना फूलवती और निशा से ही पूछ सकती थी कि तुम लोग समाज और उसके नियम के बीच इतनी बार कैसे आवाजाही कर लेते हो। मैं पुष्पा नाम की उस लड़की से भी पूछ सकती थी कि स्कूल तो तुम ज़रूरत भर गईं फिर ये हिम्मत कहाँ से लाईं। क्योंकि मुझे तो यही कहा जाता रहा कि स्कूल नहीं जाओगी तो समझदार कैसे होगी? 'समझदारी पर धनवती बहुत हँसती है।' वह तो मेरे यह पूछने पर कि ''तुम्हें कैसे समझ आया कि भाग जाना चाहिए वो भी इतने खतरनाक तरीके से?'' खूब हँसती है। वह हमेशा हँसती है, इस बात पर भी कि घर में सब सोए रह गए और वह अपनी दोनों देवरानियों के साथ चंपत हो गई। वह हँसते हुए किस्से कहती है। उसकी आँखें फैल जाती हैं और वह उस चुप्पी को अपने ठहाकों से छोटे-छोटे टुकड़ों में बदल देती है जो अक्सर मेरे घर में पसरी रहती है।

''तुम्हें डर नहीं लगा?'' पुष्पा हँसती है माँ के इस सवाल पर, धनवती

हँसती है मेरे सवाल पर, निशा हँसती है अपने नए प्रेमी के सवाल पर। ''भाभी डरती तो बताओ ऐसे घूम पाती?'' वह अपने फूले हुए पेट पर प्यार से हाथ रखती है। मूँछोंवाला आदमी कनखियों से देखकर मुस्कराता है, माँ उसे अपने आगोश में ले लेती है और मैं? मैं हमेशा की तरह डर जाती हूँ, किसी को पता चले तब?

''डरते न दीदी तो अब तक सरग पहुँच जाते। जिंदा रखता वो हमको अभी तक। आप भी ना। जब हम अपनी मंझली देवरानी को बोले ना कि चल भाग चलें तो उसने हमारे पैर पकड़ लिए। बोली, 'जिज्जी अभी तो चारदीवारी में ही सही जिंदा तो हैं, बाहर निकले तो टुकड़े हो जाएँगे।' फिर हमने छोटी को पूछा। जानती हैं वो क्या बोली?'' यह उसका किस्सा सुनाने का तरीका है वह निशा की तरह फटाफट सब बातें नहीं बोल देती। हुँकारा भरवाती है, अगर सवाल न हो तो जवाब देने का क्या मज़ा?

''मुझे कैसे पता चलेगा कि वो क्या बोली?''

''आपने पूछा तो हम बता रहे हैं। वरना आपको कैसे पता चलेगा। हम तो पूछ रहे हैं कि कोई अंदाज़ा लगा पा रही हो कि नहीं। हम खाली एक शब्द बोले, 'भागोगी?' वो भी है करेजे वाली दीदी, एक ही शब्द में बोली, 'कब?' दीदी सच कहें जब कोई पिलान बनाओ और सामने वाला हामी ही भर दे ना तो ताकत दोहरी हो जाती है।

''तुझे क्या बताऊँ कि डर क्यों नहीं लगा। जब पहली बार भागी थी ना अमित के साथ तो जोश था, उसके प्यार में दीवानापन था। पर जब दूसरी बार भागी ना अमित को छोड़ कर तब रंजन की हिम्मत थी। उसी ने कहा था कि छोड़ दो उसे जो तुम्हें किसी और के साथ बाँट सकता है। मैं हूँ ना सिर्फ़ तुम्हारे लिए। ताकत दोहरी हो जाती है रे जब किसी का साथ मिले।'' मैं तो इकहरी ताकत के बारे में ही नहीं सोच पाती दोहरी तो दूर की कौड़ी है। धनवती तंद्रा तोड़ती है हमेशा, ''सोचती बहुत हो दीदी। क्या सोचती रहती हो दिन भर।''

''तू कभी चुप बैठती है?'' ऐसा पूछना एक और बतकही को जन्म देना है जानती हूँ फिर भी पूछती हूँ। पर आज मैंने यह नहीं पूछ उससे। उसने खुद ही बताया, ''छोटी वाली के बच्चा होने वाला है दीदी। अरे वही टीना।

कितने साल बाद तो हम लोगों के जीवन में खुशियाँ आ रही हैं। मंझली ने चिंता में डाल दिया है, वह कहती है कि उसने मेरे पति बसेसर को देखा है, इसी शहर में। दीदी सबसे कमीना वही है, ज़रूर हमारी निशानी पा गया है और अब हमको खोज रहा है। हमारा कुछ नहीं दीदी टीना को बचा लो। उसके बच्चे को बचा लो।''

''पर मैं... ?'' मेरा हमेशा का यही तरीका है। ''पर-वर कुछ नहीं दीदी। कसम तुम्हें। दोनों मेरी हिम्मत पर भागी हैं दीदी। बसेसर और उसका बाप दोनों मेरे पति थे, मेरी दोनों देवरानियों के भी। उस घर में कोई भी किसी की पत्नी को ठेलकर अपने कमरे में ले जा सकता था। पूरा दिन काम और रात को उनकी सेवा। बस यही ज़िन्दगी रह गई थी हम तीनों की। हम तो चौथी तक पढ़े लेकिन टीना बारहवीं पढ़ कर आई थी। फूल-सी थी जब आई थी, छोटा उसे मीठी बातों में फुसलाकर ब्याह लाया था। फिर एक दिन हमने कहा कि भाग चलते हैं। कोई जगह नहीं थी दीदी, बस हिम्मत थी। टीना ही बोली, अगर कुछ न हो पाया तो काशी चल कर गंगा में डूब जाएँगे तीनों। काशी में मोक्ष मिलता है। अगले जन्म में फिर ऐसा दुख नहीं होगा। पर यह सब होगा कैसे इसकी चिंता थी। हम में से किसी ने घर के बाहर की दुनिया पाँच साल से नहीं देखी थी। बाहर दुनिया कितनी बदल गई है, अंदाज़ा ही नहीं था। पता है दीदी जिस दिन पिलान बनाए और तैयार हुए उसी दिन टीना बोली, 'बाहरवीं पास वाला कागज़ लिए बिना नहीं जाएगी।' हम तो समझे अब गए काम से। लेकिन मंझली जिसे हम डरपोक समझते थे, वह निकली असली बहादुर। ससुर के कमरे में चली गई, बिलाउज़ पेटीकोट में। उसे खूब रिझाया, मनाया और चाभी सरका ली बुढ़ऊ की कमर से। किसी काम से बाहर आई और हमें चाभी पकड़ा दी। बुढ़ऊ को उलझाए रखा और हमने टीना का कागज़ निकालने के लिए अलमारी खोली और रुपये की गड्डी और कुछ ज़ेवर भी पल्लू में बाँध लिये। पर भागते कैसे। बुढ़ऊ के तीनों यमराज बेटों के आने का समय हो गया था। मंझली ने कहा, 'जिज्जी बेटों में भी तो बाप का खून है, आज की रात तीनों को ऐसे खुश कर दें कि वे ऐसी चैन की नींद सोएँ जैसे कभी सोए नहीं थे।' हम तीनों ने अपनी नफ़रत को अपने कपड़ों की पोटली में बाँधा और प्यार का दरिया खोल दिया। पहली बार तीनों एक साथ

कमरे में चले आए। वरना कोई एक हमेशा पहरे पर रहता था, बुढ़ऊ तृप्त हो कर बहुत पहले सो गया था। हमने उस दिन अपनी सीमा से बाहर जाकर प्रेम किया और प्रेम ने हमें आज़ादी की राह दिखा दी।''

बहुत देर कमरे में शांति रही। धनवती की चूड़ियों की आवाज़ रह-रह कर आ रही थी। उसने एक बार फिर अपनी पोटली की गाँठ को कस कर परखा। ''तो फिर मैं कल आऊँ टीना को लेकर,'' उसने आश्वस्ति चाही। ''हम दोनों तो कहीं भी रह लेंगी, पर टीना को रख लो, उसके बच्चा होने वाला है। अभी वो जिसके साथ रह रही है ना दीदी उससे शादी नहीं की पर वो है अच्छा आदमी। जल्दी कोई सुरक्षित ठिकाना खोज लेगा तो ले जाएगा टीना को यहाँ से। बस कुछ दिन की बात है दीदी।''

अभी कुछ ही दिन तो हुए हैं जब निशा ने मुझसे ऐसा ही कुछ कहा था, ''बस कुछ दिन की बात है, अमित मुझे पागलों की तरह खोज रहा है, कुछ दिन तेरे यहाँ रह लूँ। फिर हम दोनों किसी नए शहर में चले जाएँगे।''

अभी कुछ साल ही तो गुज़रे हैं जब पुष्पा नाम की लड़की ने माँ से कहा था, ''बस कुछ दिन की बात है भाभी, कहीं आसरा मिल जाए तो मैं और ये कहीं और चले जाएँगे।''

रात के सन्नाटे में मुझे वो लड़की बहुत याद आई, मन किया ज़ोर से पुकारूँ, 'बुआ, बुआ।' मुझे अपनी डरपोक माँ भी याद आई जिसने उसे रास्ता सुझाया था कि कहाँ उसे कुछ दिन सुरक्षित रहने का ठिकाना मिल सकता है। शायद बुआ वहाँ रही भी थी। आज मुझे लग रहा था, माँ डरपोक तो नहीं है, वह मुझसे ज़्यादा अच्छे तरीके सोच सकती है। सुबह सात बजे घंटी बजी तो मैं समझ गई धनवती है। वो अपनी टीना और मंझली के साथ खड़ी थी। उसकी निगाह में सवाल था, इसे छोड़ूँ या सामान ले जाऊँ। मैंने दरवाज़ा पूरा खोल दिया। वह समझ नहीं पाई। ''जान का खतरा तो तुम तीनों को है ना'' मैंने जैसे खुद से बोला।

''चारों को,'' उसने दुरुस्त किया, ''इस बच्चे के बाप को भी।''

''पर अभी तो कोई उसे पहचानता नहीं है ना। कुछ दिन तुम तीनों को यहीं रहना चाहिए। एक साथ।''

''पर दीदी?''

''कोई बात नहीं, टीना के साथ तुम दोनों रहोगी तो उसे हौंसला रहेगा। फिर सोचते हैं कि तुम लोग कहाँ रह सकती हो।''

''मैं ये एहसान कभी नहीं भूलूँगी। पर किसी को पता तो नहीं चलेगा ना दीदी।''

''जब तक कोई विश्वासघात न करे किसी को कुछ पता नहीं चलता धनवती।''

वो तीनों अंदर चली आईं। जब वे आईं तो देह भले ही तीन थीं, पर वे आत्मा से एक ही थीं। रात को ही मैंने निशा को भी फ़ोन कर दिया था। वह भी कुछ देर में आती होगी। अब मुझे किसी भी हालत में पुष्पा बुआ को खोजना है।

ठेकेदार की आत्मकथा

मैं सलमान खान नहीं हूँ जो अपनी कहानी सुनाऊँ और आप लोग काम-धंधा छोड़ कर मेरी कहानी में रुचि लेने लगें। साधारण भारतीय नागरिक की कहानी में आखिर किसी की रुचि क्यों होनी चाहिए। पहले मैं खुद को आम आदमी समझता था लेकिन इस 'धंधे' में आने के बाद पता चला कि मैं कितना खास हूँ। आगे उन खासियतों की संदर्भ सहित व्याख्या करूँगा जिससे आप लोगों को भी यकीन हो जाएगा कि मैं सच कह रहा हूँ। कहानी सुनने से पहले इतना समझ लीजिए कि पहले होते थे सरकार बहादुर। जितना कठिन उनके साथ काम करना था, उससे कम आसान नहीं है भारत सरकार का काम करना। इस 'सरकार' शब्द में ही लफड़ा है। जो काम मैं कर रहा था यानी ठेकेदारी उसमें अपना नाम भूलने की शर्त अनिवार्य थी। नाम भूल कर भी यह नहीं भूलना है कि 'आप किसी छोटे-मोटे काम के लिए नहीं भारत सरकार के काम के लिए बने हैं।' ऐसे महान विचारों के साथ जब मैं इंदौर के रेलवे डिपो में 'मुँह उठाए' (ये मेरे शब्द नहीं हैं) चला जा रहा था तो मेरे कानों में ऐंठ भरी आवाज़ टकराई, ''ऐई ठेकेदार...ठेकेदार।''

मैं तब भी चलता रहा। तभी पीछे से किसी ने लगभग दौड़ते हुए आईस पाईस धप्पा स्टाइल में मेरी पीठ पर धौल जमाया और कहा,

''सुनते नी हो, ब बुला रहे हैं।''

उसने क्या बोला, मैं समझ नहीं पाया लेकिन जहाँ उसने तर्जनी उठाई थी उस दिशा में देख कर मैं पलट गया। देखा एक सज्जन मुझे इशारे से बुला रहे हैं। दूर से उन्हें देखने पर मेरे मन ने खुद-ब-खुद 'गणपति बप्पा मोरया' का उद्घोष कर दिया। बस एक सूँड़ और हाथ में मोदक की कमी थी वरना

वह साक्षात् गणपित के जुड़वाँ भाई लग रहे थे। मैं धीमे-धीमे वहाँ पहुँच रहा था लेकिन आईस-पाईस धप्पा वाला मुझसे पहले दौड़ कर वहाँ पहुँच गया। उसने बप्पा की तरफ़ इशारा कर बताया, ''सुप्रींटेंडेंट ब हैं।''

इस धप्पे की फ़ोनेटिक में शायद कोई दिक्कत थी। अक्षर 'स' उसके मुँह से निकलता नहीं था। फिर भी मैंने समझ लिया कि यह 'साहब टाइप' नहीं यकीनन 'साहब' बोल रहा है। बाद के दिनों में भी मैंने जब भी सुना साहब, साब के बजाय 'ब' ही सुना। उसने सुप्रींटेंडेंट ब से ऐसे परिचय कराया जैसे सास उन लोगों से परिचय कराती है जिनके बहू से पैर पड़ाने होते हैं। मैंने सिर्फ़ अच्छा टाइप की ध्वनि निकाली तो धप्पे ने कंधे पर इस बार सन्नी बाबा टाइप ढाई किलो का हाथ मारते हुए कहा, ''सुप्रींटेंडेंट 'ब' हैं।'' अचानक मेरा स्विच ऑन हुआ और मैंने झुक कर नमस्ते की रस्म अदायगी कर उनके चरणों में आदरांजलि पेश की। हालाँकि दोनों फिर भी खुश नहीं हुए। उनके चेहरे के असंतुष्ट भाव के बाद भी जब मैं 'खिलौना' फ़िल्म के संजीव कुमार की तरह खड़ा रह गया तो 'ब' ने उच्चारा, ''ऐसे ही बुला लिया था। कल तुम आए तो मैं मिल नहीं पाया था। अभी तुमको जाते देखा तो सोचा इंट्रो कर लूँ।''

मैं यह नहीं पूछ पाया कि मुझ खाकसार को पहचानने में वह कैसे सफल रहे। फिर मैंने अंदाज़ा लगाया कि हो सकता है कि यह आइस-पाइस धप्पा मुझे पहचानता हो और इसी ने मेरे बारे में बताया हो। दोनों के हावभाव से लग रहा था, अगर मुगलिया सल्तनत होती तो दोनों मुझसे फ़र्शी सलाम ठुँकवाते या मैं खूबसूरत कनीज़ होता तो बिना मुजरा किए आगे न बढ़ने देते। यह मेरे काम का शुरुआती सीन था जो मेरे निर्देशक नीली छतरी वाले ने बड़ी कुशलता से लिखा था। बाद के दिनों में मुझे ऐसे कई 'इंट्रो' से गुज़रना पड़ा और धीरे-धीरे मुझे यह बात समझ आ गई कि ठेकेदारों पर अत्याचारों की न खबरें बनती हैं न इसकी सुनवाई के लिए अब तक कोई ट्रिब्यूनल बना है।

मुझे भारतीय रेलवे के साथ काम करते हुए छह महीने बीत गए। इन छह महीनों का सबसे बड़ा हासिल यह हुआ कि मैं अपना नाम भूल गया और मुझे 'ठेकेदार' संबोधन सुनने की ऐसी आदत पड़ गई कि अब मैं अपने नाम के बजाय ठेकेदार बोलने पर ही प्रतिक्रिया दे पाता था। घर में भी मुझे अपना नाम सुनाई देना बंद हो गया। माँ को मैंने कह दिया कि यदि दो बार नाम

पुकारने पर भी मैं न सुनूँ तो एक बार ठेकेदार बुला लेना। यह अलग बात है कि परिवार के सदस्य दूसरों को गर्व से बताते थे कि मैं 'रेलवे कॉन्ट्रेक्टर हूँ और मैंने इंडस्ट्रियल लॉन्ड्री प्लांट डाला है'।

हम साथ-साथ हैं टाइप के दफ़्तर में सुप्रींटेंडेंट ब के अलावा सेक्शन इंजीनियर, ढेरों क्लर्क, एक डिपो इंचार्ज, डीएमई, सीनियर डीएमई जैसे बहुत से वरिष्ठ-कनिष्ठ थे। 'ब' से मेरा परिचय हो ही चुका था और बारी-बारी मुझे दूसरों के दरबार में हाज़िरी बजाने जाना था। सबसे पहले सेक्शन इंजीनियर के पास जाना ज़रूरी था ताकि रेलवे में मेरा बपतिस्मा हो सके। काम उन्हीं से ज़्यादा पड़ने वाला था। औपचारिक मुलाकात हो चुकी थी, लेकिन चाकरी वाली मुलाकात बाकी थी। वह कमरे में नहीं थे। मैं प्लेटफ़ॉर्म पर खड़ा होकर बाहर का नज़ारा देखने लगा। तभी किसी ने मुझे नाम से पुकारा। मैं चौंक कर पलटा तो देखा, सेक्शन इंजीनियर खड़ा था।

''क्या बे एक बार में नहीं सुनता।''

नाम सुनकर मुझे जितनी अच्छी अनुभूति हुई थी, 'बे' सुनकर वह तुरंत खत्म हो गई। तीखी नज़रों से उसने मेरा मुआयना किया और बोला,

''अब मेरी आवाज़ सुनने की आदत डाल ले। समझ गया।''

मैंने ओढ़ी हुई विनम्रता के साथ 'जी' कहा।

''चल।''

उसने आदेश-सा दिया तो मैं पीछे-पीछे चल पड़ा। बेतरतीब सामान और सीलन भरी दीवारों से घिरे कमरे में वह मुझे ले गया और एंड्यूरा मास खा-खा कर बनाए गए शरीर के साथ वह उस सरकारी कुर्सी में समा गया जिसे शायद बनने के बाद से कभी पोंछा नहीं गया था।

''सुन,'' उसने कुछ चेतावनी भरे लहज़े में कहा, ''किसी भी बड़े अधिकारी के पास बारात लेकर सीधे मत पहुँच जाना। पहले भेरू बाबा के मन्दिर में माथा टेकना फिर शहर की सीमा पार करना। समझ गया।''

मैंने उन्हें ऐसे देखा जैसे कक्षा आठ में अलजेब्रा के सवाल पर गुप्ता सर को देखा करता था। उतनी ही कातर निगाहें।

''अबे, पहली बार ठेकेदारी मिली है क्या?'' उसने लताड़ लगाई।

''जी सर पहला ही कॉन्ट्रेक्ट है।''

''कॉन्ट्रेक्ट, कॉन्ट्रेक्ट, कॉन्ट्रेक्ट।''

उसने तीन अलग-अलग शैली से इस शब्द को दोहराया और ऐसी आवाज़ में हँसा जैसे आटा चक्की चालू हो रही हो।

''हओ भैया कॉन्ट्रेक्ट। ठेकेदारी करते हैं और अंग्रेज़ी में कहते हैं, कॉन्ट्रेक्ट। हिन्दी में समझ ले कि मेरे कहने का मतलब है, डिवीज़नल इंजीनियर के पास जाने से पहले मुझे पता होना चाहिए। पता होना चाहिए, का मतलब है मैं भी साथ चलूँगा ठीक है।''

''जी ठीक है।''

''समझ लिया?''

''जी समझ लिया।''

''तो फिर निकल यहाँ से।'' उसने ऐसे कहा कि यदि मैं तुरंत बाहर न निकल गया तो उठा कर फेंक देगा।

मैं बाहर निकला और अपनी शर्ट ऐसे झाड़ी जैसे उसकी नसीहत भी झड़ गई। 'ब' के मुकाबले मुझे यह 'बे' वाला बंदा ज़्यादा कठिन लगा। हम दोनों के बीच एक-दूसरे को तौलने का अदृश्य खेल शुरू हो गया। 'ब' जितना महीन था, 'बे' उतना ही खुरदुरा। 'ब' प्यार से गला काटने में यकीन रखता था। जब भी मिलता प्यार से मिलता। कमरे में मिलने जाओ तो चाय पिलाता और बड़ी नफ़ासत से बताता था, ''संगीता टॉकीज़ में नई मूवी आई है लेकिन टिकट ही नहीं मिल रहे। बच्चे पीछे पड़े हैं और भई ब्लैक में टिकट तो हम खरीदने से रहे।''

''अरे सर आप आदेश करें कौन से शो के कितने टिकट चाहिए।'' उसका मन गद्गदा जाता और वह तुरंत गिनती बता देता। वह मुझसे इसी बात से प्रभावित रहता था कि उसने काम कहा नहीं और मैंने पूरा किया नहीं। उसकी ख्वाहिशें मैं बीच में ही कैच कर लेने में माहिर होता जा रहा था। कई बार तो मैं उसके शब्द गिरने से पहले ही सँभाल लेता था। उसकी फ़रमाइशी फ़िल्म पंद्रह सौ के आस-पास बैठती थी लेकिन यदि यह पूरी न हो तो वह मेरा हज़ारों का बिल अटका देता था। इससे मेरा पूरा हिसाब गड़बड़ा जाता था। दूसरा संकट उन चादरों, गिलाफ़ों और छोटे तौलियों का था जो मुझे रोज़ इंदौर स्टेशन से ले जा कर अपने प्लांट पर धोनी होती थीं। वह चाहता तो सौ

चादरों को नब्बे ही गिनता और हमें मानना पड़ता। बहस की कोई गुंजाइश नहीं। सात-आठ सौ तौलिये या चादर गिनती में कम करना उसके बाएँ हाथ का खेल था। बायाँ इसलिए क्योंकि वह दाएँ से सारा काम करता था! इसकी कहीं सुनवाई नहीं थी क्योंकि यहाँ पूरे कुएँ में भांग थी। बस मात्रा का अंतर था। जिसकी जैसी पोज़िशन उसकी वैसी ही मात्रा तय थी। इक्कीस सौ से लेकर जितना मुँह में आ जाए तक की मात्रा थी। काम के हिसाब से नहीं औकात के हिसाब से मुझे चढ़ावा देना होता था ताकि खून-पसीने से कमाई हुई पूँजी जो चंद्रमा की कलाओं की तरह घट रही थी, पूनम के चाँद की तरह निखर सके। आखिर आदमी नौकरी छोड़ कर व्यापार में कूदता ही इसलिए है। अभी तो गंगू तेलियों से ही मेरा साबका पड़ा था। राजा भोज तो बाकी ही थे। राजा भोज से मिलने का कोई जुगाड़ नहीं बैठ रहा था कि एक दिन राजा भोज ने खुद बुलवा भेजा। काम शुरू हुए लंबा वक्त बीत गया था और केवल इसी दरबार में माथा नहीं टेका गया था। राजा भोज का फ़ोन आने के घंटे भर के भीतर ही मैंने खुद को उनके कैबिन में पाया। मेरे अंदर दाखिल होते ही उन्होंने बेतकल्लुफ़ होते हुए कहा,

''क्या राजा इत्ता पढ़-लिख कर यहाँ कहाँ चले आए यार तुम ठेकेदारी करने।''

मैंने अगल-बगल झाँक कर देखा। उन्होंने इशारे से समझाया कि यह सुविचार मेरे लिए ही कहे गए हैं। 'ठेकेदार' और 'बे' सुनने के बाद मेरे लिए यह तीसरा संबोधन था। 'राजा' सुनना थोड़ा अजीब था पर थोड़ी देर में ही मुझे अंदाज़ा हो गया कि राजा उनका तकियाकलाम है। उन्होंने बातचीत का सिरा खुद थाम लिया और इतनी मज़बूती से थामा कि उसे छुड़ाना मेरे वश में नहीं था।

''नहीं सर कुछ खास पढ़ा-लिखा तो नहीं हूँ।'' मैंने ऐसे जवाब दिया जैसे कोई छोटा बच्चा शैतानी के बाद पकड़ा जाए और अपनी सफ़ाई दे।

''अच्छा।''

उसने आश्चर्य से आँखें चौड़ी कीं जैसे कहना चाह रहा हो, भैया ये मार्क जुकरबर्ग ने सारे हरिश्चंद्रों का कच्चा चिट्ठा बना कर रखा है।

''फ़ेसबुक पर डिग्री के बारे में झूठ लिखते हो।''

कहते हुए उसने अपने लैपटॉप की स्क्रीन मेरी तरफ़ घुमा दी। स्क्रीन पर मेरा कोलगेट स्माइल वाला प्रोफ़ाइल पिक चमक रहा था। मुझे यकीन नहीं था कि कोई ऐसा भी कर सकता है।

''किसी लड़की-वड़की को इंप्रैस करने के लिए लिख दिया है या सच में अमेरिका से एमएस की डिग्री ली है।''

इस बार उनके शब्दों में इंटैरोगेट करने जैसी धमक थी।

''नहीं सर बस ऐसे ही चला गया था पढ़ने।''

''राजा ऐसे ही चले गए थे, का क्या मतलब है। गए तो पढ़ने ही थे ना कि तफरी करके लौट रहे थे तो एक डिग्री ड्यूटी फ्री शॉप से खरीद लाए। परीक्षा खुद लिखी थी या...फिर।''

वह अपनी ही बात पर हँस दिया।

''राजा मैंने तुमको इसलिए बुलाया कि डिग्री तुम्हारे पास भले ही एमएस-फेमेस की हो, लेकिन याद रखना तुम हो रेलवे के ठेकेदार। यह बात भूलना मत कि चादरें साफ़ धोनी हैं और माल समय पर डिपो में पहुँचाना है। तुम्हारी चादरों के चक्कर में मुझे एक भी शिकायत नहीं चाहिए। और हाँ, कोई होशियारी भी नहीं चाहिए मुझे समझे। एक बार कायदा समझ आ जाए तो फिर आगे न तुम्हें मुश्किल न हमें।''

उन्होंने मेरे चेहरे पर नज़रें टिकाए रखीं। मैंने चेहरे पर समझ जाने वाला कृतार्थ होने वाला भाव बनाए रखा। जब दो मिनट बाद भी मैं कुछ नहीं बोला तो उन्होंने ऐसे पूछा जैसे मेरा टेस्ट ले रहे हों, ''स्वागत की परंपरा तो जानते हो ना। भारतीय दर्शन में तुम्हें रुचि है तो पता ही होगा।''

भारतीय दर्शन वाली बात पर इस बार मैं चौंका नहीं। तो उन्होंने खुद ही मेरी बेपरवाही को अपनी निगाहों से पकड़ा और लैपटॉप पर देखते हुए बोले, ''मैं नहीं कह रहा ऐसा लिखा है तुमने। अपनी प्रोफ़ाइल में।''

मुझे लगा कि जैसे मैं युधिष्ठिर हूँ और राजपाट हार गया हूँ। कोई मेरे बारे में इतनी गहराई से जाने यह मुझे कतई पसंद नहीं, पर यहाँ तो गलती मेरी ही थी। क्या ज़रूरत थी मुझे ये सब लिखने की।

''तो मैं यह कह रहा था कि परंपरा धूमिल नहीं होनी चाहिए।''

उन्होंने मुझे तब तक नहीं छोड़ा जब तक मैंने परंपरा का ध्वज थाम नहीं

लिया। उनका वश चलता तो वह *ट्रेन एट ए ग्लांस* जैसी कोई किताब मेरे हाथों में देकर शपथ भी दिला देते। बातों का सार यह निकला कि ठेकेदार पर बहुत अहम ज़िम्मेदारी होती है। यदि ठेकेदार न हों तो रेलवे के अधिकारी चाय, सिगरेट, तंबाकू जैसी तुच्छ वस्तुओं के लिए भी तरस जाएँ। बातचीत में ही मुझे मालूम चला कि सीनियर अफ़सरों की खातिर के लिए 'ब' और 'बे' के पास बढ़िया वाली सिगरेट, अच्छी क्रॉकरी, चायपत्ती-चीनी, बिस्किट, नमकीन, काँच के गिलास जैसा ज़रूरी सामान होना नितांत ज़रूरी है। वो लोग सीनियर की खातिरदारी करेंगे तो ही हमारी छोटी-मोटी भूल नज़रअंदाज़ हो सकेंगी। मैंने सिलेबस की सारी बातें जब नोट कर लीं तो पता चला कि कभी-कभी 'आउट ऑफ़ सिलेबस' भी कुछ आ सकता है जिसके लिए तैयार रहना होगा। मैंने भी उन्हें बता दिया कि महू में 'मिलिट्री कैंटीन' में मेरे खास दोस्त की अच्छी जुगाड़ है और वह लगभग हर पंद्रह दिन में महू से इंदौर आता रहता है। मिलिट्री कैंटीन का इशारा समझते ही उन्होंने मुझे होनहार शिष्य के रूप में उस दृश्य की तरह देखा जिसमें गुरु द्रोणाचार्य एकलव्य की ओर हैरत से देखते हैं कि कैसे उसने उनकी प्रस्तर मूर्ति के सामने अभ्यास कर धनुर्विद्या सीख ली। न बोले तुम न मैंने कुछ कहा कि तर्ज पर हम दोनों ने विदा ली।

मैं दो दिन हवा में उछलता रहा कि 'सीनियर' का हाथ सिर पर हो तो किसी की क्या परवाह। लेकिन 'ब' कच्चा खिलाड़ी नहीं था। इस मुलाकात की सूचना 'ब' तक पहुँच चुकी थी। वहाँ हम दोनों के अलावा कोई नहीं था। लेकिन 'ब' के पास निश्चित रूप से संजय चक्षु थे जो उसे शब्द-दर-शब्द ब्यौरे की जानकारी थी। उसने प्लांट से आई लगभग दो सौ चादरें अलग रखवा कर मुझे बुलवाया और कहा, ''ये माल खराब है। ठीक से धुला नहीं है। वापस ले जाओ और एक घंटे में नया भेजो।''

सर लेकिन चादरें ठीक से धुली हैं। मैं खुद रात भर प्लांट पर रुकता हूँ। कैलेंडर मशीन मेरे सामने ऑपरेट होती है।

''ओए इंजीनियर की औलाद। अमेरिका से पढ़ कर आया है तो क्या हमको बेवकूफ़ समझेगा। तीस साल से नौकरी कर रहा हूँ। इसी सेक्शन को देखता हूँ। मेरे को मालूम नहीं पड़ेगा कि चादर ठीक से धुली है या नहीं।''

अमेरिका पर मैं चौंका। मतलब यह बात बाहर आ चुकी कि मैं अमेरिका

से इंजीनियरिंग करके लौटा हूँ।

''लेकिन सर...''

''लेकिन वेकिन कुछ नहीं। माल बदलो फ़ौरन।''

मैं असमंजस में खड़ा रहा और अचानक मुझे क्या सूझी कि मैं 'बे' के कमरे में चला गया। अपनी परिचित शैली में वह बोला, ''क्यों 'बे' यहाँ कैसे चला आया।''

''सर वो चादरें बदलने को कह रहे हैं। इतनी जल्दी तो संभव नहीं है।''

''अरे बैठ यार, परेशान क्यों होता है। ले ड्राय फ्रूट खा। वो कोच की धुलाई करने वाला ठेकेदार दे गया था। बिस्किट तो मैं खाता नहीं भले ही अंग्रेज़ी में कुकी-शूकी कुछ भी बोल दो। काजू-किशमिश हों तो लोग दो-चार मुँह में डाल ही लेते हैं।''

मुझे परसों बड़े साहब को दिया गया भुने काजू और इसे दिया गया कुकीज़ का डिब्बा याद आ गया।

''सर आपने बताया नहीं आपको ड्रायफ्रूट पसंद हैं। कल ही आपके लिए बढ़िया वाले काजू लाता हूँ।''

''तले लाना, काली मिर्च वाले।''

''जी सर।''

''अच्छा तू जा मैं चादरों वाला मैटर देख लूँगा। नई चादरों के लॉट में से अभी रखवा देता हूँ। पर बाद में वो चादरें मुझे ही लौटाना। और चादरें ज़रा ठीक से लपेट कर लाना कि किसी को दिखें नहीं।''

''बिलकुल सर 'हरे कवर' में होंगी चादरें किसी को दिखेंगी नहीं।''

''अरे वाह।''

उसने मुझ पर गहरी निगाह डाली। वह कुछ देर देखता रहा फिर इतना ही बोला, ''मैंने पढ़ा है कहीं लड़के रंग पहचानने में कमज़ोर होते हैं। लेकिन लगता है तू हरा रंग अच्छी तरह पहचानता है।''

पहले मैं बेफ़िक्र था कि अच्छा काम करूँगा तो कोई क्यों मुझे परेशान करेगा। मैंने अपना प्लांट डालने के लिए खूब रिसर्च की थी। एक-से-एक विदेशी मशीनें मँगवाई थीं। चादर धुल कर, प्रेस होकर बाहर आने वाली कैलेंडर मशीन खरीद कर मैंने अपना बजट बिगाड़ लिया था लेकिन मन में

था, बढ़िया काम करूँगा तो किसी की क्या मजाल कि मुझे कुछ कह दे। काम ईमानदारी से करना चाहिए तो कभी परेशानी नहीं आती। मेरा आदर्शवाद तले काजू और हर महीने लिफ़ाफ़े में रखे जाने वाली हरियाली के नीचे दब गया था। मैं जितनी मेहनत करता वो लोग किसी-न-किसी बात पर अड़ंगा डाल देते। साल भर पहले पूँजीवाद देश से लौटा था। सलीके से काम करने के बहुत से तरीके सीखे थे। काम में कोई मेरा हाथ नहीं पकड़ सकता, जानकारी मेरी भरपूर थी। मगर भारत का बाबू राज किसी भी जानकारी और योजना में पलीता लगाने में इतना सक्षम है, इसका मुझे अंदाज़ा नहीं था। डिपो के एक बाबू का मेरे काम से कोई लेना-देना नहीं था। लेकिन उसकी सीट पर जानकारी की 'आवक-जावक' प्रचुर मात्रा में थी। उसी ने मुझे बताया कि मैं शुक्ला और उइके से ज़रूर मिल लूँ वरना 'कृपा' बंद हो सकती है। उसने ही ज्ञानवर्धन किया कि शुक्ला यहाँ का यूनियन लीडर है और देश में साम्यवाद लाना चाहता है। उइके के बारे में उनकी राय कुछ खास अच्छी नहीं थी, क्योंकि उन्होंने आटे में नमक बराबर हिकारत से कहा, ''तुम्हारे जितने भी लड़के यहाँ काम करेंगे उनको ज़रा उइके से बचा कर रखना। चतुर्थ श्रेणी कर्मचारियों का बराक ओबामा है वह।''

मुझे लगा कि उसने जानबूझकर बराक का नाम लिया है, शायद इसे भी पता चल गया है कि मैं हाल ही में अमेरिका से लौटा हूँ। मैं उसे बताना चाहता था कि अब बराक नहीं ट्रंप हैं, पर मुझे लगा नहीं कि ज्ञान लेने में उसकी रुचि है। मेरी रुचि इस बात में थी कि वह मुझ पर इतना कृपालु क्यों है। उसने अपने मोटे होंठों पर अपनी जीभ घुमाई और याचक की तरह कहा, ''आप सबको इतना देते हैं, हमें तो रुपये-पैसे का कोई शौक नहीं बस कभी-कभार दो चाइल्ड बीयर मिल जाएँ...''

''चाइल्ड?'' मेरे माथे पर शिकन उभर आई।

उसने अपनी दराज से पीले रंग का पर्चा निकाल कर मेरे सामने रख दिया।

पर्चे पर लिखा था, 'किंग ढाबा का धमाका। रोस्टेड चिकन के साथ दो चिल्ड बीयर का कॉम्बो ऑफ़र। बीयर पियो ठंडी आराम से खाओ टंगड़ी। मात्र 400 रुपये में'।

''ओह। हाँ ठीक है। आप मँगवा लेना। सिर्फ़ चाइल्ड बीयर में यदि

वयस्कों का काम हो रहा है तो क्या बुरा है। पहले मन किया कि उससे कहूँ, चाइल्ड नहीं, चिल्ड। पर मुझे हर रोज़ इतनी परेशानियाँ आ रही थीं कि ज्ञान देने के बजाय मैंने मुस्करा कर धन्यवाद कहा और आगे बढ़ गया। जब सबको इतने गिफ़्ट यानी साधारण भाषा में रिश्वत दे रहा हूँ तो इस सूची में चाइल्ड बीयर भला क्यों रह जाए। काम मैं समझ चुका था और कामवाले मुझे समझ चुके थे। मुलाकातों के दौर में बस अब डिवीज़नल इंजीनियर से मिलना बाकी था। यूपीएससी निकाला हुआ बंदा था, मुझे पता था लेकिन मेरी कोई रुचि नहीं थी। मिल कर होगा भी क्या, एक और खाता खुल जाएगा। कई बार मौका आया जब मुलाकात हो सकती थी पर मैं टाल गया। एक दिन उसने खुद ही बुलवा लिया। नायर उपनाम वाला यह बंदा मुझे मंगल ग्रह से आया प्राणी लगा। नायर आत्मीयता से मिला और मुझे लग गया। उसने एक बार भी मेरा हिसाब नहीं पूछा न ही अपनी कोई माँग रखी। मुझे दुख हुआ कि इतने दिन मैं इससे मिलने को टालता रहा। नाम के आदान-प्रदान के बाद नायर ने कुछ और पूछने के बजाय बस इतना पूछा, ‘‘कहाँ के हैं।’’

कहाँ के ‘हो’ के बदले ‘हैं’ पूछने से मुझ पर भी उतनी ही लियाकत से जवाब देने का भार आ गया। ‘ब’ और ‘बे’ से तो अब मैं बहुत लापरवाही से बात करने का आदी हो गया था। मैंने विनम्रता का ऐक्सट्रा तड़का लगाया और बताया कि यहीं मध्यप्रदेश का ही हूँ सर। कुछ और बातों के बाद उनकी सहजता का ही कमाल था कि मैंने खुद को पूछते हुए पाया, ‘‘आप कहाँ से हैं सर।’’

‘‘केरल के बारे में कभी कुछ पढ़ा-सुना है।’’

उन्होंने प्रतिप्रश्न किया। ‘‘हाँ एक बार केरल गया हूँ और वहाँ के दो बड़े आंदोलन के बारे में पढ़ा है, एक एसएनडीपी आंदोलन और दूसरा मन्नत पद्मनाभन के बारे में।’’ उनकी आँखें आश्चर्य से फैलीं और हल्की मुस्कराहट के बाद वह बस इतना ही बोले, ‘‘मैं वहीं से हूँ।’’

वह काफ़ी देर लॉन्ड्री समझते रहे और मशीन, केमिकल के बारे में पूछते रहे। फिर उन्होंने टेंडर की कॉपी निकाली और मुझे एक लिस्ट दे दी।

‘‘मिस्टर जैन इस लिस्ट में उन केमिकल के आगे टिक कीजिए जो रेलवे ने टेंडर के वक्त ज़रूरी किए थे। जिनसे बेडशीट और ब्लैंकेट वॉश करते हैं।’’

मैंने लिस्ट देखी, कुछ केमिकल तो मैं वाकई इस्तेमाल कर रहा था लेकिन पर्क जैसे केमिकल बहुत महँगे पड़ते थे। सब कुछ नियम से न करना पड़े इसके लिए ही तो मैं रिश्वत देता था। फिर भी मैंने सभी पर निशान लगा दिया।

''ओके। कल मैं आपका प्लांट विज़िट करूँगा। शार्प इलेवन।''

कल ग्यारह बजे और अभी छह बज चुके थे। यानी मुझे तीन केमिकल का इंतज़ाम कर प्लांट पर रखवाना होगा। मैंने अपनी रिश्वत सूची में मौजूद सभी लोगों को फटाफट फ़ोन किया, मगर सभी का एक ही जवाब बहुत मिलता-जुलता था, ''नायर ने बोला है तो आ कर रहेगा और सब ठीक से चेक करेगा। तुम तो तैयारी में लग जाओ।'' अब जो मुझे लग रहा था कि मेरा इंप्रेशन ठीक से थोड़ा अच्छा ही पड़ गया है पर मैं उस वक्त को कोस रहा था कि ये नायर ने क्यों बुला लिया। नायर के लिए सारे केमिकल खरीदता हूँ तो बजट गड़बड़ाएगा, रिश्वत की लिस्ट में से कटौती करता हूँ तो बजट गड़बड़ाएगा। आसमान से गिर कर मैं खजूर में जा अटका था।

मैं वहाँ से निकला ही था कि मुँह में चुभलाई हुई किसी चीज़ का गोला लिए एक आदमी ने अपना हाथ आगे बढ़ाते हुए मुझसे कहा, ''माईसेल्फ़ शुक्ला। जगन्नाथ शुक्ला।''

मैंने बिना हाथ आगे बढ़ाए कहा, ''जैन। वैभव जैन।'' मैंने टालू अंदाज़ में कहा।

''सई है यार तुम्हारा तो नाम ही वैभव है। तुम हमारा वैभव भी बनाए रखना।''

''जी आपका परिचय।'' मेरा आशय उसका पद जानने में था। मेरा सिर वैसे ही भन्नाया हुआ था। उसने मुँह खोला, एक फव्वारा छोड़ा और कहा, ''अभी तो बताया शुक्ला। जगन्नाथ शुक्ला।''

मेरे दिमाग का स्विच तुरंत ऑन हो गया। मुझे चाइल्ड बीयर वाले बाबू की याद आ गई। ओह हो तो ये है कृपा बरसाने वाला शुक्ला। यानी आज पूरे दिन का मुहूर्त ही खराब है। पहले नायर और अब शुक्ला। एक ही दिन में डबल धमाका ऑफर। मैंने तल्खी को परे किया और थोड़ा तमीज़ से कहा, ''आज मुझे थोड़ी जल्दी है, फिर कभी बात करते हैं शुक्ला जी।''

''शुक्ला जी नहीं, कामरेड। यूनियन लीडर हूँ इस ज़ोन का। सब कामरेड

केते हैं, तुम भी वोई के लेना। है कि नी।'' कॉमरेड पर उसने खास जोर दिया।

''ओके कॉमरेड।'' मैंने स्वीकृति में सिर हिलाया।

''कित्ते का ठेका हेगा तुम्हारा?''

''चार टन।''

''अच्छ है। फिर तो लगभग पाँच-साढ़े पाँच हजार चादरें रोज़ धुलती होंगी।''

''छह हज़ार।'' मैंने सटीक संख्या कही।

''ठेका सई उठा लिया तुमने। भोत लोग लगे थे। पर मेने सुना मसीनें विदेस से आई हेंगी। कित्ते की पड़ी भिया मसीनें?''

''सब अलग-अलग हैं।''

''सब अलग-अलग क्या होता है यार। क्या हम नी समझते कि बताना नी चा रिये हो। सई से काम करो तो कोई परसानी नी हे। तेज चलो तो..'' उसने अधूरा वाक्य छोड़ा और मुस्कराते हुए चलने लगा। जब भी टाइम हो मिल ज़रूर लेना। उसने जैसे चेतावनी दी।

प्लांट में दिन रात बॉइलर चलने के लिए लकड़ियाँ फुँक रही थीं और अब तक एक भी बिल न आने से मेरा कलेजा फुँक रहा था। काम करते हुए इतना वक्त बीत गया था लेकिन रेलवे के अधिकारियों, वरिष्ठों, बाबुओं, चपरासियों, कामगारों का हनीमून ही खत्म नहीं हो रहा था। हर दिन कोई-न-कोई बीवी की तरह मुँह फुलाए खड़ा हो जाता था। ''नए ठेकेदार को बोल दो यार'' तो जैसे लगता था गायत्री मंत्र हो गया जिसका लगातार जाप करे बिना इन्हें मोक्ष मिलने से रहा। जो भी माँग हो उसे ठेकेदार रूपी पति ही पूरी करेगा। यह वहाँ रहने वाला हर आदमी जान गया था। एक साल होने जा रहा था और भाग-दौड़ कर मैंने सब के महीने बाँध दिए थे। इसके अलावा पंद्रह अगस्त और छब्बीस जनवरी को दस से पंद्रह किलो शुद्ध घी के लड्डू के रूप में मुझे देशभक्ति का सबूत भी देना था। यह भी मुझे समझा दिया गया था कि यह ठेके का अलिखित नियम है कि पाँच साल तक मुझे ही गणतंत्र और देश की आज़ादी की लाज रखनी है। वरना इतिहास मुझे कभी माफ़ नहीं करेगा। मेरी वजह से रेलवे का स्टाफ़ बिना मिठाई के रह जाए तो धिक्कार है मुझ पर। मैंने अपने जीवन में फूलों के इतने गुलदस्ते नहीं खरीदे थे जितने

एक साल में खरीद लिए थे। कोई भी अफ़सर आए, समारोह हो मुझे फ़ोन आ जाता और मैं नाश्ते, फूल के इंतज़ाम में लग जाता। मुझे सख़्त ताकीद थी कि यह काम मैं अपने प्लांट के किसी लड़के से न कराऊँ और सामान हमेशा ख़ुद देने आऊँ। 'ब' का कहना था कि ''लड़के फैलान बहुत करते हैं।'' यदि मैं प्लांट पर काम देखने जैसी कोई बात करता था तो सभी एक सुर में कहते, ''हम किसलिए बैठे हैं। जैसा कहा जाए वैसा करो।'' जैसे-जैसे वक्त बीत रहा था मुझे बैंक का ब्याज, मशीनों की लागत, 30 लोगों के स्टाफ़ की तनख्वाह, बिजली का बिल, किराया, लोडिंग रिक्शा और नायर के कारण तीन हज़ार रुपये लीटर मिलने वाले एमलसीफ़ायर और पर्क जैसे महँगे केमिकल का खर्च याद आने लगता था। आए दिन होने वाले प्लांट इंस्पेक्शन की आफ़त उस वक्त बढ़ जाती थी जब नायर ख़ुद चला आता था। वह हर केमिकल की जाँच करता और देखता कि चादरों से साबुन ठीक तरह निकल जाए इसके लिए प्लांट में न्यूट्रीलाइज़र इस्तेमाल हो भी रहा है या नहीं। उनके आने पर किसी तरह का 'इंतज़ाम' नहीं करना होता था। पर केमिकल का इंतज़ाम मुझे भारी पड़ जाता था।

मैं अपने हिसाब-किताब में ही उलझा हुआ था कि मेरे मोबाइल पर एक सीनियर अफ़सर का नाम फ़्लैश करने लगा। मैंने फ़ोन उठाया तो उसने लापरवाही से पूछा, ''कुछ खास न कर रहे हो तो रिविएरा मॉल में मिलो।''

अंधा क्या चाहे दो आँख। मैंने फ़ौरन हामी भरी और रिविएरा मॉल की दिशा में दौड़ लगा दी। जब अफ़सर ख़ुद दोस्ती का हाथ बढ़ा रहा है तो कौन बेवकूफ़ इस अवसर को न लपक लेगा। वैसे भी उसने 'महीने का हिसाब' रखने में रुचि नहीं दिखाई थी। जब मैं रिविएरा मॉल से लौटा तो मुझे लगा कि जो लोग महीने के हिसाब से पैसा ले रहे हैं वो ज्यादा ठीक हैं। क्योंकि साहब की आँखों में 25 हज़ार की एक साइकिल बस गई थी। उन्होंने बिना लाग लपेट पूछा, ''कितने का बिल पेंडिंग है तुम्हारा।''

''सर बारह लाख।''

''अच्छा। क्या दिक्कत है। पेमेंट क्यों नहीं हो रहा।'' वह पूछते रहे और कई साइकिलों को प्यार से सहलाते रहे। सर वो तीन नंबर कमरे वाले बाबू की टेबल तक पहुँच गया है।

''ओह।'' उन्होंने ऊँची आवाज़ में कहा और बोले, ''कल ही देखता हूँ। वैसे ये साइकिल कैसी है। सोच रहा हूँ, वॉक तो कर नहीं पाते साइकिल रहेगी तो घर में ही दो-चार पैडल मार लेंगे। हम तो ठहरे सरकारी नौकर ये सारी लग्ज़री तो पैसेवालों की है।'' उन्होंने ठंडी आह भरी और मैंने तुरंत उनका पता पूछ कर उस आह को गरमाहट में बदल दिया। मैंने दिल पर पत्थर रख कर कार्ड स्वाइप किया और साइकिल उनके घर की ओर रवाना हो गई। मुझे उम्मीद जागी कि हफ़्ते भर के अंदर मेरा बिल भी आ जाएगा और बिल क्लियर होने का सही राज़ किसी को पता न चलेगा लेकिन 'ब' ने कच्ची गोलियाँ न खेली थीं। वह ठीक-ठीक पता नहीं लगा पाया पर इतना समझ गया कि जादू ऊपर से चला है। उसने मुझे बुलाया और बताया कि महँगाई बहुत बढ़ गई है। उसने मुझे अपने घर के हिसाब की एक्सेल शीट सुनाई और मैंने उसे साफ़ तौर पर बता दिया कि रोज़ कैलेंडर मशीन चलाने के लिए बॉइलर चलाना पड़ता है, बॉइलर चलाने के लिए ईंधन चाहिए और ईंधन के लिए मुझे भी उन्हीं रुपयों की ज़रूरत है जिसकी बढ़ोतरी की उम्मीद वह मुझसे कर रहे हैं। 'ब' को यह खुल्ला खेल फरुख़ाबादी इतना पसंद आया कि उसने मुझे दोटूक कहा, ''तो रोज़ चादरें धोने की क्या ज़रूरत है। एक बार में कौन सी गंदी हो जाती हैं। घर में हम रोज़ चादर बदलते हैं क्या। प्यार से हौले से झटको, अच्छी तरह तह बनाओ और भेज दो।''

इस ज्ञान के लिए कायदे से मुझे आभार में घुटने टिका देने चाहिए थे, लेकिन मैं किसी व्यापारी की तरह उनसे मोलभाव करता रहा और बात उनके हिस्से में ढाई हज़ार हर महीने बढ़ाने पर टूटी।

''पर हर एक तारीख को दोगे और काजू, बिस्किट अलग। ठीक है,'' उन्होंने आगे किसी भी बहस पर रोक लगा दी।

कॉमरेड से मेरी चार मुलाकातें हो चुकी थीं। लेकिन मैं उसे टाल देता था। उसने बहुत कोशिश की कि कुछ हिस्सा उसका भी बनता है। लेकिन जब कोई बात नहीं बनी तो वह खुल कर लड़ाई के मूड में आ गया। वह था असली कॉमरेड अपने हिस्से के प्रति सजग। हफ़्ते भर बाद ही उसकी करतूतों ने रंग दिखाना शुरू कर दिया। मिट्टी से सने जूते के निशान, अचार के तेल से सनी चादरें रेल में सफ़र करने वाले यात्रियों को मिलने लगीं। बाद में मुझे

पता चला कि ट्रेन के कोच में उसने दो अचार की बोतलें अटेंडेंट को 'गिफ़्ट' की थीं। जो कंप्लेंट बुक बरसों से धूल खा रही थी अचानक साफ़-सुथरी हालत में यात्रियों तक पहुँचने लगी। अचार और जूते के निशान की शिकायतों का अंबार लग गया। मैं समझ ही नहीं पा रहा था कि पाँच लड़के केवल चादर छँटाई के लिए हैं। उन्हें सख्त ताकीद है कि दाग वाली चादरें बिलकुल अलग रखी जाएँ। उनसे यह भूल कैसे हो रही है। मुझ पर ढाई लाख की पैनल्टी लग गई। मैं अधिकारी के पास दौड़ा और अधिकारी एक दुकान पर दौड़ गया। मैंने पैसे न होने की मजबूरी जताई तो उसने अपने तेज़ दिमाग से मुझे आइडिया दिया,

"क्रेडिट कार्ड से ले लो।"

मैंने एक शानदार डीएसएलआर कैमरा खरीदा, उसे गिफ़्ट पेपर में रैप कराया और उस अधिकारी को भेंट कर दिया जो पैनल्टी को अपनी कलम के जादू से कम कर सकता था। उसने मुझे पेनल्टी पर 'कुछ करने' का आश्वासन दे दिया। इसके बाद भी मुझ पर पेनल्टी लगती रही और कुछ रियायत के लिए मुझे कभी फ़ाइव स्टार होटल में डिनर का बिल चुकता करना पड़ा या मोबाइल और ऐसे ही महँगे आइटम खरीदने पड़े। यह तो तय था कि जब तक कॉमरेड काबू में नहीं आएगा मेरा बजट ऐसे कामों से बेकाबू होता रहेगा। तभी जैसे बिल्ली के भाग्य से छींका टूटता है मेरे भाग्य से कॉमरेड बड़े अधिकारी से सीधे उलझ लिया। अधिकारी नया ट्रांसफ़र होकर आया था तो इसने एक टुच्चे यूनियन लीडर के आगे झुकना अपनी तौहीन समझी और कॉमरेड का निपटान खुद ही हो गया। लेकिन मुझे पता नहीं था कि यह किस्मत का लिमिटेड ऑफ़र है। ये सब ट्रेलर चल रहा था। पिक्चर तो अभी बाकी थी।

एक सुबह मैंने पाया कि मैं अचानक बहुत महत्त्वपूर्ण हो गया हूँ और एक नामी स्थानीय अखबार में मेरे प्लांट के बारे में खबर प्रकाशित है। इसी की कमी थी जो पूरी हो गई। खबर पढ़ कर लग रहा था इस समस्त आर्यावर्त में बस मेरे ही प्लांट के कारण भारत सबसे प्रदूषित शहर और इंदौर मरने की कगार पर है। सिर्फ़ मेरे प्लांट के कारण मध्यप्रदेश की सभी नदियाँ प्रदूषित हो रही हैं, वातावरण में ज़हर घुल रहा है और इस सबका खामियाज़ा बेचारे यात्री उठा रहे हैं! मेरी पेशी के लिए ठीक दस बजे का समय तय हुआ। मैं ठीक

समय पर दफ़्तर में था। लेकिन मुझसे पहले मेरी माँ ने गाली खाई। बेशक माँ वहाँ नहीं थी लेकिन मेरे अंदर घुसते ही उसने चिल्ला कर मादर...कहते हुए मेरा स्वागत किया। उसने अपना शब्दकोश खाली किया और चुप हो गया। उस वक्त मुझे भारत को बदल देने के सपने देखने पर हँसने वाले अमेरिकन हो गए भारतीय दोस्त याद आए। गालियाँ सुन कर मैंने बस इतना ही कहा, ''सर मेरा पक्ष नहीं लिया गया। आधी से ज़्यादा बातें मन से लिखी गई हैं। मुझे नहीं मालूम था कि भारत में पत्रकारिता ऐसे होती है।''

''साला भैन...अंग्रेज़ की औलाद।''

वह एक बार फिर गरज कर आगे कुछ बोलता कि मैंने उसे बीच में टोक दिया, ''गाली मत दीजिए सर। मैं इमानदारी से काम कर रहा हूँ।'' मैं बोल नहीं पाया कि कल ही आपने मेरा नमक खाया है। कल फ़ाइव स्टार होटल में चल रहे फ़ूड फ़ेस्टिवल का बिल सात हज़ार रुपये था। वह तमतमा गया और मैं बाहर निकल आया। मुझे खुद पर आश्चर्य हुआ कि मैं सिर्फ़ दस साल अमेरिका में रहा हूँ। इतने कम समय बाहर रहकर यहाँ के तौर-तरीके कैसे भूल गया। शाम तक मैं उस रिपोर्टर के साथ था।

''आरटीआई लगा के इन्फ़ारमेशन निकाले हैं। आप रूल फ़ॉलो नहीं किए तो ही खबर लिखे हैं।''

''लेकिन आपने मेरा पक्ष नहीं लिया,'' मैंने नरमी जताई।

''फ़ोन किए थे आप पिक नहीं किए।''

''पर मेरा फ़ोन चालू था।''

''तो नेटवर्क से बाहर रहे होंगे। बार-बार आपको फ़ोन लगाने का ही काम थोड़ी है हमको।''

''क्या चाहते हो।'' मैंने शुद्ध भारतीय तरीके से दोटूक पूछा।

''दो लाख,'' वह खुल कर खेलने लगा।

''यह तो ज़्यादा है।''

''जादे कहाँ है। अभी एकाध ठो और किसी दोस्त को बोल देंगे तो आप ज़्यादा परेसानी में आइएगा। बहुत जूनियर लरका लोग भी है दूसरे अखबार में। सब दो-चार दिन छोर कर एक खबर पेलेगा तो सब को कहाँ तक देते रहिएगा। बाकी दो अउर दोस्त हैं। पत्रकार ही हैं उनको होली-दिवाली देने

से काम बन जाएगा। हाजीपुर से ऐतना दूर चल कर आपके मध्य प्रदेश के सबसे तेज़ बढ़ते अखबार में खाली सेलेरी के लिए चल कर नहीं आए हैं।''

''दो नहीं दे पाऊँगा।''

''अरे तो हम कौन ज़बरदस्ती किए हैं। मत दीजिए। आपका मर्ज़ी।''

मेरे मन में सुबह वाली गालियाँ गूँज गईं। माँ कितना गर्व से बताती हैं सबको कि अमेरिका की अच्छी नौकरी छोड़ कर भारत आ गया ताकि यहाँ कुछ कर सके। और अब यही माँ मेरी वजह से गालियों में आ गई है।

''पचास हज़ार।'' मैंने व्यापारी की तरह उसे तोड़ना चाहा।

''अरे भीख दे रहे हैं क्या।'' वह उठा और मैं कुछ कहता उससे पहले ही बाइक लेकर फुर्र हो गया। मैं आखिर था तो भारतीय ही। मैंने भारतीय तरीके से ही इसे सुलझाने की ठानी। लगातार वह मुझे पैसों के लिए फ़ोन करता रहा और मैं उसे टालता रहा। मुझ पर जो भी आरोप लगे थे उसके पास उसके सुबूत नहीं थे। छह महीने बाद एक और खबर छपी लेकिन इस बार मेरी पेशी नहीं हुई। खबर का शीर्षक था, 'स्थानीय नेता के दबाव के चलते गुंडे ठेकेदार पर अब तक नहीं हुई कारवाई' खबर में विस्तार से लिखा था कि कैसे एनजीटी के आदेशों की धज्जियाँ उड़ाई जा रही हैं, कैसे यात्रियों के स्वास्थ्य के साथ खिलवाड़ किया जा रहा है। गाली देने वाले अधिकारी ने बस इस बार इतना ही पूछा, ''किससे दबाव डलवाया है।'' मैं बस हँस कर बाहर आ गया। कॉन्ट्रेक्ट लेकर काम करते हुए तीसरा साल शुरू हो रहा था। अब मैं खुल कर अधिकारियों, बाबुओं को बोल देता था, इतनी पेनल्टी मिली है इस बार हिस्से में से इतने पैसे काट रहा हूँ। नायर का ट्रांसफ़र हो गया था। यह उनके करिअर का आठवाँ ट्रांसफ़र था। पाँचवाँ साल शुरू होते-होते मैंने सिर्फ़ काम के लोगों को पैसा बाँटना शुरू कर दिया। पत्रकार बंधु अलग-अलग अखबारों में अलग-अलग एंगल से खबरें छपवाते रहते हैं। मेरा कॉन्ट्रेक्ट माफ़ कीजिए ठेका खत्म होने का समय बस नज़दीक है। पैसा मैंने बहुत नहीं कमाया, पर अनुभव की कोई कीमत नहीं। अखबार में नई निविदा आ गई है। 'ब' ने टोका, ''कॉन्ट्रेक्ट भर दिया।''

''नहीं सर इस बार नहीं भरूँगा।''

''नहीं भरेगा मतलब? अबे अब तो कमाने का समय आया है। पिछले

पाँच सालों से तो तू करवाचौथ की कहानी की तरह राजा के शरीर से सूइयाँ ही निकाल रहा था। अब जब आँख की सूइयाँ निकल रही हैं, तो तू भाग रहा है।''

''मैं समझा नहीं सर।''

''भइया इतना भी नासमझ नहीं है तू। तूने सब सेट कर दिया है। बहुत बढ़िया काम किया है। एक सिस्टम बना दिया है। सब तेरे को पहचानते हैं। दूसरे टर्म में ही तो कमाएगा।''

''नहीं सर ये काम नहीं करूँगा।''

''ये नहीं करेगा तो क्या करेगा। तेरे जैसे यंग लोगों की ही तो ज़रूरत है भारत को। इतनी मशीनों का क्या करेगा?''

''सर भारत को यंग की नहीं हर बात में भंग डालने वालों की ज़रूरत है। मशीनों का क्या है। व्यापारी आदमी हूँ उनको भी ठिकाने लगा दूँगा।''

''अरे। मैं तो बहुत दुखी हूँ कि तू ठेका लेने की कोशिश ही नहीं कर रहा है।''

''छोड़िए सर। कुछ और बात कीजिए।''

''अच्छा अभी कितना टाइम बचा है।'' अभी तो छह महीने हैं सर।

''अरे फिर तो कोई दिक्कत ही नहीं है। मैं तो डर ही गया था कि तू चला न जाए। लेकिन चल तेरे जाने के पहले ये काम भी हो ही जाए। तू ऐसा कर पाँच किलो के आटे के दो पैकेट, जैम, ब्रेड, मिल्क पाउडर के दो बड़े डिब्बे, चीनी, कॉफ़ी और चायपत्ती, दो किलो आलू-प्याज, तेल, मसाले, मसूर की दाल, चावल, स्लीपवेल का एक तकिया और दो सूती चादरें भिजवा देना।''

मैं चौंकने वाला भाव चेहरे पर देता उससे पहले ही उन्होंने खुलासा कर दिया, ''बड़े साब आ रहे हैं आउटडोर इंस्पेक्शन करने। बाहर पता नहीं खाने को क्या मिले क्या नहीं। साब को इंतज़ाम से भेजेंगे तो वो भी खुश रहेंगे और अपन को भी रखेंगे। अब नया ठेका नहीं उठाएगा तो क्या अभी तो तेरे बहुत से बिल बाकी हैं।''

वह मेरी बिना सुने दौड़ते हुए आगे निकल गए। उनके शब्द हवा में तैरते हुए मेरे पास पहुँचे, ''पाँच साल का रिश्ता भी कोई चीज़ होता है यार।''

मणिकर्णिका

घूँ-घूँ की आवाज़ के साथ पहियों ने धूल उड़ाई। सड़क किनारे खड़ी सारी लड़कियों की आँखें वहाँ टिक गईं। लड़की ने अपनी आँखें नुकीली कीं और गाड़ी को रफ़्तार देने के लिए कलाइयां हैंडल पर टिका कर मोड़ दीं। हैलमेट में से उसकी छोटी आँखें लगभग गुम गई सी लग रही थीं। मोटर साइकिल पूरी रफ़्तार के साथ दौड़ी और सामने रखे पटिए पर चढ़ कर एक बड़े गड्ढे को छलाँगती हुई उस पार निकल गई। लड़की जब लौटी तो उसने देखा सभी की निगाह में तारीफ़ के छोटे-छोटे टुकड़े तैर रहे हैं, सिवाय उस नई लड़की के जो हाल ही में मुहल्ले में रहने आई है। लड़की ने हैलमेट उतारा और अपनी सहेलियों की ओर देखा। सब दौड़ कर उसके पास चली आईं।

''मज़ा आया?'' लड़की ने गर्व के साथ सहेलियों से पूछा।

''मेरी भैन भी ऐसा कर लेती है,'' नई लड़की ने तारीफ़ के गुब्बारे में पिन चुभोने की कोशिश की। लड़की ने उसे घूरा तो उसने जल्दी से आगे जोड़ा, ''जब उसकी सादी नी हुई थी तब करती थी।''

लड़की खिलखिलाकर हँस दी। उसने दोबारा हैलमेट पहना तो उसकी सहेली ने रोक लिया।

''घर चलते हैं सोभा, देख तो काम पे जाने का टेम हो गया है।''

लड़की ने लापरवाही से अपनी बाँह छुड़ाई और मोटरसाइकिल पर ऐड़ लगा दी। इस बार उसने गाड़ी को तेज़ रफ़्तार में एक पहिए पर बहुत दूर तक चलाया। फिर उसने अगला पहिया ज़मीन पर टिकाया और अपने दोनों हाथ छोड़ दिए। उसने एक तरफ़ पैर करके मैदान के कई चक्कर लगाए। जब वह लौटी तो इस बार नई लड़की का मुँह खुला हुआ था।

''तेरी भैन ऐसा कर लेती थी,'' लड़की ने उसकी आँखों में आँखें डालीं, ''सादी से पहले,'' और ज़ोर से खिलखिलाकर हँस दी। लड़की अपना-सा मुँह लेकर बहुत देर खड़ी रही। उसने मुँह में कुछ शब्द चुभलाए लेकिन बाहर नहीं निकाले। बाकी लड़कियों ने उसके कंधे पर सांत्वना का हाथ रखा और पलकें झपका दीं। लड़की इस समूह में नई थी फिर भी उसने आँखों में तैरते संदेश को तुरंत पकड़ लिया और समझ गई कि सौ बात से भली एक चुप होती है। उसने भले ही कह दिया था कि उसकी बहन भी गाड़ी चलाती है पर यहाँ के करतब देखकर वह समझ गई थी कि स्कूटी चलाने और हीरो होंडा चलाने में उतना ही फ़र्क है, जितना दाल-भात में घी गिरा कर खाने में और घी के बारे में सोचने में होता है। उसने कई दफ़े अपनी मालकिन के यहाँ दाल-भात में घी खाया है, इसलिए वह उस स्वाद और स्वाद की कल्पना के अंतर को बखूबी समझ गई।

अभी तो वह बस यह कल्पना करना चाहती थी कि वह भी ऐसी रफ़्तार से गाड़ी चलाकर सबको चौंका दे। वह यह भी जानती थी कि सांप निकलने के बाद लकीर पीटने के बजाय अवसरों को सामने से पकड़ना चाहिए। पाँच मिनट की टुच्ची-सी बहस के कारण वह रफ़्तार से गाड़ी चलाने के अपने सपने पर पानी नहीं फेर सकती थी। वह अपने चेहरे पर बाकी लड़कियों के मुकाबले प्रशंसा के अतिरिक्त भाव लाई और अपनी आँखों में कौतूहल के लंबे धागे ले आई। लड़की ने उन धागों के सिरे झूलते छोड़ दिए, जिसे करतब वाली लड़की जिसका नाम शोभा था, ने तुरंत थाम लिया। आँखों-ही-आँखों में एक अनकहा समझौता हो गया। यह संदेश इतनी बारीक तरंगों पर सवार होकर एक-दूसरे तक पहुँचा कि किसी को इसकी भनक तक नहीं लगी।

चारों लड़कियाँ मोटरसाइकिल पर जैसे-तैसे लद गईं और चल पड़ीं।

~

मुहल्ला आने से पहले ही लड़कियाँ गाड़ी से उतरीं और गलियों में ऐसे समा गईं जैसे हवा। सुबह का सूरज अलसाता हुआ सा पृथ्वी की सीढ़ी चढ़ रहा था। शोभा ने धीरे से गाड़ी को गली के मुँहाने पर रखा और बिना आवाज़ किए उसे जंजीर से बाँध कर पतली गली में गुम हो गई। लड़कियों के आते

ही मकान घर में तब्दील हो गए। चूल्हे जल उठे, चाय की भाप उठने लगी, सौंधे छौंक से चौका गमक गया और नारंगी आँच पर रोटियाँ फूल गईं। हर घर से स्टील की टनटनाहट ऐसे उठी जैसे किसी ऑर्केस्ट्रा के साजिंदे अपनी मनमानी पर उतर आए हों, लेकिन फिर भी सुर-ताल बेसुरी न हो। डिब्बों में रोटियाँ, सालन कैद होकर किसी की साइकिल तो किसी के हाथ की थैलियों में समा गए। थोड़ी देर पहले बाइक में किक लगाती, गेयर बदलने की कोशिश करतीं, ताली पीट कर उत्साह से उछलती लड़कियों ने नई काया धर ली। ढीले शलवार-ऊँचे कुरते और बालों के बुल्लों से लड़कियों का कद और ऊँचा हो गया। सुबह का बासीपन काजल खिंची आँखों के आगे दुबक गया। लापरवाह दुपट्टे हवा के संग अठखेलियाँ करने लगे। सब एक-दूसरे को देखकर हँसीं और ज़ंजीर में बँधी मोटरसाइकिल के पास से यूँ गुज़र गईं जैसे उसे पहचानती ही न हों। लड़कियाँ गलियों की भूल-भुलैया से निकलकर मेन रोड पर आ गईं। एक बार फिर उनका कायांतरण हो गया। उनकी तनी हुई गर्दन झुक गई, लापरवाह दुपट्टे छातियों पर सरक आए। उनकी चाल से लापरवाही जाती रही और उनके भाव इतने संतुलित हो गए कि किसी की नज़र उन पर पड़ती तो वे लड़कियाँ न होकर चलते-फिरते पुतलों की तरह लगतीं। लड़कियाँ बस के इंतज़ार में खड़ी हो गईं। इस बस्ती से उस शहर तक का सफ़र उनके लिए रोज़ परेशानी लेकर आता है। लेकिन बाप के कर्ज़ और घर के खर्च के आगे ये परेशानियाँ उन्हें कुछ भी नहीं लगतीं। कोई फ़ैक्ट्री में काम करती है तो कोई किसी के यहाँ आया है। सब की अपनी दुनिया और अपनी ज़िन्दगी। सबके अपने सपने और सबकी अपनी सच्चाइयाँ। धूप चढ़ती जा रही थी। सही वक़्त पर काम पर न पहुँचने की घबराहट का पसीना गर्मी के पसीने से ज़्यादा तेज़ी से माथे पर चमकने लगा। शोभा ग्लानि से भर गई। आज उसने नई लड़की को अपना करतब दिखाने के लिए पूरे दस मिनट सभी को देरी करा दी थी। अंदाज़ा था कि रोज़ वाली बस निकल गई है। अब अगली बस के इंतज़ार के सिवाय कुछ नहीं किया जा सकता। और अगर वह सीधी बस न हुई तो सब लोग कम-से-कम आधा घंटा देर से अपने काम पर पहुँचेंगे। शोभा जानती है कि शीतल जिसके यहाँ बच्चे की देखभाल के लिए जाती है वो लोग बहुत सख़्त हैं। ठीक साढ़े नौ बजे दोनों मियां-बीवी निकल जाते हैं।

यदि पाँच मिनट भी ऊपर हुए तो बच्चे की माँ हायतौबा मचा देती है। उसे सबसे ज्यादा फ़िक्र शीतल की ही है। वह ज्यादा बहस भी नहीं कर पाती। शोभा ने बातचीत को फिर सपने पर आकर टिका दिया।

''शीतल तेरे को तन्खा कब मिलेगी।''

''आज मिलेगी। आठ तारीख है ना आज।''

''हओ आठ ही है।'' शोभा ने तस्दीक की। ''मैंने इसलिए पूछा कि इस बार पेटरोल के पैसे तेरे को देने हैं।''

''हओ, याद है मेरे को,' शीतल ने इतना कहकर मुँह उधर घुमा लिया, जहाँ से बस आने की संभावना थी।

''मेरे को भी देर हो गई है आज,'' शोभा ने चिंता जताई। जबकि वह जानती है कि उसकी फ़ैक्ट्री में तीन दिन देर से हाज़िरी लगाई जा सकती है। और यदि उसे देरी होती है तो यह उसका पहला दिन ही होगा। वैसे भी वह इन सब लोगों से पहले ही पहुँच जाएगी। जहाँ बस उतारेगी वहाँ से उसकी फ़ैक्ट्री मुश्किल से आधा किलोमीटर है। बस अभी भी नहीं आई थी और सूरज सिर पर चढ़कर नाच रहा था। पसीना लड़कियों के माथे पर सैकड़ों बिंदियों की तरह टिमटिमाने लगा। रूपा ने अपना दुपट्टा सिर पर रख लिया। सब एक-दूसरे की तरफ़ देखने लगीं। और थोड़ी देर बस नहीं आई तो सबका गाली खाना तय है। शीतल की आँखों की कोर भीगने लगीं। वह बाकियों से हटकर खड़ी हो गई। शोभा का मन भर आया। शीतल के घर में वही अकेली कमाती है। भाई दिन भर मटरगश्ती करता है, दो छोटी बहनें घर में रहती हैं, माँ खाट पर और पिता जेल में हैं। अगर उसकी नौकरी चली गई तो? इतना सोचते ही शोभा का दिल मुँह तक आ गया। उसकी हिम्मत नहीं हुई कि वह शीतल को सांत्वना में कुछ कहे। उसने अपनी हथेलियों को बार-बार रगड़ा। रूपाली थक कर पास की चाय की टपरी की बैंच पर बैठ गई। चायवाले ने उसे हसरत भरी नज़र से देखा और 'तुम तो ठहरे परदेसी' ज़ोर-ज़ोर से गाने लगा।

चायवाला बदल-बदल कर गाना गा रहा था और बीच-बीच में रूपाली को कुछ-न-कुछ कह रहा था। रूपाली निरपेक्ष भाव से बैठी थी और कभी-कभी चायवाले को घूर कर देख लेती थी। नई लड़की निर्मला ने आँखों से इशारा किया जिसका अर्थ था, ''वहाँ मत बैठ, यहीं चली आ।'' रूपाली ने

निर्मला की अनदेखी की और वहीं टिकी रही। जब रूपाली उसके भद्दे तानों पर भी नहीं उठी तो शोभा ने टपरी की ओर लंबे डग बढ़ा दिए। निर्मला ने शोभा का रास्ता रोक लिया। शोभा ने उसे गुस्से में देखा तो शीतल गुस्से में आई और बोली, ''सोभा, सुबह से पहले ही बहुत नाटक हो चुका है।''

''नाटक का क्या मतलब है, बस नहीं आई तो मैं क्या करूँ,'' शोभा तमक कर बोली।

''मैंने बस का नाम लिया क्या अभी? तू खुद से ही काय को बोल रही है,'' शीतल शायद पहली बार किसी बात का प्रतिवाद कर रही थी।

''तो तू नाटक क्यों बोल रही है?''

''नाटक नी तो क्या है, जब तय है कि हम लोग छह बजे तक लौट आएँगे तो तूने निर्मला को दिखाने के लिए काय को और गाड़ी चलाई। तभी देर हुई है।''

''मैं...'' शीतल-शोभा की बहस बढ़ने लगी तो रूपाली खुद ही उठ कर चली आई और ज़ोर से बोली, ''तू खुद को मेरी काम समझती है क्या कि तूने एक मुक्का मारा और सब हार जाएँगे।'' रूपाली ने गुस्से से शीतल को डपटा।

''मैं काय को मेरी काम समझूं, मैंने क्या किया जो तू भी मुझ पर चढ़ रही है''

''दो घड़ी बैठने भी मत दे। सुबह से पेट में दर्द है। चार दिन पहले महीना आ गया है। पीठ और पैर टूट रहे हैं। पर तेरे को क्या तू अपने आगे किसी को कुछ समझती है क्या,'' रूपाली बिफर गई।

''अब मैंने क्या किया,'' शोभा के हाथ में अचानक काल्पनिक सफ़ेद झंडा आ गया।

''तू बमकती हुई क्यों आ रही थी उस तरफ़। गाना गा रहा है तो गाने दे। तेरा क्या जाता है। बस आएगी तो चले जाएँगे। रोज़ कौन-सा हम इतनी देर यहाँ खड़े रहते हैं।''

''तो क्या ऐसे ही गुंडई सहते रहें?''

''नहीं मेरी मणिकर्णिका, जा। तू जा और जाके अभी उसकी नाक तोड़ दे, फिर पुलिस आएगी हम सब को ले जाएगी, हममें से कोई काम पे नी जाएगा और फिर अपन पुलिस के लफड़े झेलेंगे। अच्छा। खुश। अब जा

उसको मार के आ जा,'' रूपाली का चेहरा तमक गया।

''बाकी छोड़ ये बता मणिकर्णिका कौन हुई,'' निर्मला ने बात हल्की करने की गरज से रूपाली को छेड़ा। रूपाली ने कोई जवाब नहीं दिया और गुस्से से शीतल को घूरती रही।

''तुम सब ऐसे ही रहो। हमेशा दबे से। लड़की होने का अभिशाप भुगतो। कभी खड़े मत हो गुंडों के खिलाफ़। तू खुद नहीं बोल सकती कि गाना क्यों गा रहे हो। बड़ी बनती है सिकोरिटी अफ़सर। मॉल में ऐसे सिकोरिटी करती है, किसी को आँख तक दिखाना नी आती, हुंअ।''

शोभा जब कड़वी होती है तो बस होती चली जाती है। उसकी कड़वाहट में शब्द नीम की पत्ती हो जाते हैं। उसके तर्क अंगार। सब मिलाजुलाकर तिलमिलाहट की पूरी रसद। उसके सहित छह बहनों और एक भाई का परिवार है। माँ घरों में खाना बनाने का काम करती है और पिता प्लंबर हैं। वह सबसे बड़ी और उसके पीछे भाई की आस में पाँच बहनें। दादी कहती है कि वह अपनी पीठ पर इतनी बहनों को लाद लाई है। जैसे माँ-बाप का इसमें कोई योगदान नहीं! भाई की पीठ पर भी एक बहन है पर उसमें भाई की गलती नहीं है!

''तू तो ऐसे बोल रही है जैसे कभी मॉल गई ही न हो। मेकअप करके, अपने बायफ्रेंड के साथ हाथ में हाथ डाले जब मैडम लोग आती हैं तो पर्स खोलने में भी ना-नुकर करती हैं। कोई कहती है, हम आतंकवादी हैं क्या, कोई कहेगी इत्ते से बैग में मैं क्या ले आऊँगी। हर जगह दिखावे की सिकोरिटी है। नीले रंग की वर्दी पहन लेने भर से क्या कोई सिकोरिटी अफ़सर हो जाता है। मॉल में आने वाले दो कौड़ी की इज्ज़त नहीं रखते हमारी। जैसे और चीजें सजावट के लिए होती हैं ना बस हम वैसे ही हैं। तेरे को मालूम नी है क्या?'' रूपाली ने उसी तरह चिढ़कर कहा।

''इज्ज़त...'' शोभा आगे कुछ बोलती उससे पहले ही ''बस आ गई, बस आ गई,'' के कोलाहल में उसके शब्द दब गए।

दूर से नीले रंग की बस ऐसे चली आ रही थी जैसे अगर एक्सीलेटर से पैर हटा तो चालान कट जाएगा। सड़क पर खड़े लोग तितर-बितर हो गए। बस ने चीखते हुए ब्रेक लगाया और बस की हालत देखकर इंतज़ार में खड़े

लोग सकते में आ गए। अंदर सवारियों और बकरियों में अंतर करना मुश्किल था। बाहर लोग फ़ेविकोल के विज्ञापन की तरह चिपके हुए थे। लड़कियों ने एक-दूसरे का मुँह ताका। आस-पास खड़ी सवारियाँ कुनमुनाईं, ड्राइवर ने बस थोड़ी-सी आगे बढ़ा कर ज़ोर से ब्रेक मारा। बस के अंदर से समवेत चीख गूँजी, लटके लोग गरियाए फिर भी जगह नहीं बनी। कुछ सेकंड बस ऐसे ही खड़ी रही तो ड्राइवर ने एक्सीलेटर पर पैर देकर धूल उड़ा दी।

शीतल की रुलाई फूट पड़ी और वह ज़ार-ज़ार रो दी।

टीवी पर रियलिटी शो जैसा कोई कार्यक्रम चल रहा था। गहरे मेकअप में बैठी जज किसी लड़की की कहानी सुनकर अपनी आँखों की कोर पर आने से पहले आँसू रुमाल से पोंछ रही थी। लड़की की बातें सुनकर शोभा ने सोचा कि इससे ज्यादा तो हम झेलते हैं। पर ऐसे टीवी पर आकर बोल नहीं सकते। शोभा ने अनमने ढंग से स्क्रीन पर देखा और सब्ज़ी काटने में व्यस्त हो गई। एक टेबल पर रखे गैस चूल्हे, मसालों के कुछ डिब्बों और चंद बर्तनों से वह जगह रसोई होने का भान कराती थी। गैस चूल्हे पर चाय उबल कर काढ़ा हो रही थी। उसने बेमन से चाय छानी और खटिया पर लेटी दादी को पकड़ा दी। वह पलटी और एक चूल्हे पर तवा चढ़ा कर दूसरे बर्नर पर सब्ज़ी बघारने की तैयारी करने लगी।

''हर दिन बैंगन क्यों बनाती है?'' छोटे भाई की आवाज़ जैसे ही उसके कानों में पड़ी उसका मन किया, उसे कस कर एक लात जमा दे।

''तू दूसरी सब्ज़ी ला दे, मैं वही बना दूँगी।''

''ज़्यादा अपने पैसे की ऐंठ मत दिखाया कर समझी। मुँह तोड़ दूँगा।''

शोभा ने पूरी ताकत से भाई के चेहरे पर तमाचा मार दिया। भाई ने तेल की गर्म कढ़ाही में पास रखा पानी डाल दिया। तेल के छींटे शोभा के हाथ और मुँह पर पड़े। जलन से बचने के लिए वह पीछे हुई कि उसने फुर्ती से पतीली में रखा दूध ज़मीन पर गिराया और बाहर भाग गया। कच्ची सूखी ज़मीन धीरे-धीरे दूध पीने लगी। हाथ और मुँह से ज्यादा शोभा का दिल जल उठा। उसकी फ़ैक्ट्री मैनेजर ने बताया था, ''फुलक्रीम दूध से खीर अच्छी

बनती है।'' घर में शायद पहली बार एक साथ इतना दूध आया था। शोभा अपनी छोटी बहन खुशी को खीर का तोहफ़ा देना चाहती थी। कल उसका जन्मदिन था। शोभा के आँसू सूखने से पहले ज़मीन का दूध सूख गया था। ज़मीन नमी की तृप्ति लिए थोड़े गहरे रंग की हो गई। मलाई के कुछ सफ़ेद कतरे आढ़ी-तिरछी अल्पना की तरह सजे रह गए।

घर में दादी और उसके सिवा बस हवा थी, जो दरवाज़े बजा रही थी। फिर भी दादी दरवाज़े की तरफ़ मुँह कर ज़ोर-ज़ोर से गालियाँ बकने लगीं। फिर शोभा की तरफ़ मुँह करके उसी पर चिल्लाने लगीं कि उस आवारा लड़के के मुँह क्यों लगना। दादी ने भाई को खूब गालियाँ सुनाईं। उसके दो कारण थे। माँ घर पर नहीं थी। माँ के सामने उनके लाड़ले को इतनी गालियाँ बकना आसान नहीं था। दूसरा हफ़्ते भर से खीर की संजोई हुई आस अभी-अभी धूमिल हो गई थी। दादी जानती थी, एक लीटर दूध दोबारा तो नहीं आ सकता। शोभा ने टेबल पर सिमटे चौके का काम निबटा कर उसे दोबारा संवार दिया। खीर के सपने का अवशेष भी शेष नहीं था। तभी उसे बाहर से आवाज़ आई, ''सोभा''

शोभा ने आवाज़ सुनी तो उसका मन खिल गया। सामने शीतल खड़ी थी सकुचाई-सी। पूरे एक हफ़्ते बाद शीतल, शोभा के घर आई थी। उस दिन के झगड़े के बाद दोनों में अबोला था।

''सीतल,'' कहते हुए शोभा ने उसके दोनों हाथ कस के पकड़ लिए।

''पैसे देने आई थी तेरे को।''

''तेरे को तनखा मिली,'' शोभा ने सशंकित होकर पूछा।

''हाँ, उस दिन के पैसे भी नी काटे।''

''काम छूट गया क्या?''

शीतल ने शोभा के मुँह पर उँगली रख दी। क्योंकि अमूमन पूरे पैसे उसी हालत में मिलते थे, जब काम से निकाल दिया जाता था।

''काम क्यों छूटेगा। बस उसी दिन नी गई थी, मैडम ने बहुत गुस्सा किया। उनको दफ़्तर से छुट्टी करनी पड़ी। फिर जब मैंने बताया कि मोटरसाइकिल सीख रही हूँ। इसी कारण उस दिन रोज़ वाली बस निकल गई। तेरा भी बताया कि तू सिखा रही है तो खुस हो गई। बोलीं, अच्छे से मन लगा कर सीख लूँगी

तो साहब की पुरानी फटफटी दे देंगी।''

''क्या के रही है तू, सच्ची,'' शोभा की आवाज़ बता रही है कि एक लीटर दूध के अवसाद से वह बाहर आ गई है।

''इस बार पेट्रोल की मेरी बारी है तो मैंने सोचा तेरे को रात में ही पैसे दे देती हूँ।''

''तेरे को आपत तो नहीं है ना इस महीने।''

''नहीं कोई परेसानी नी है। बस तू रख ले। कल सुबह जल्दी चलेंगे ताकि ज्यादा चक्कर लगा सकें।''

''पर कल...''

''कल क्या मुस्किल है?''

''आज आयुस ने दूध गिरा दिया। मैंने बताया था ना खुसी के जनमदिन पर खीर बनाऊँगी वोई वाला। उससे लड़ाई हो गई है, मेरे को लगता है उसको पता है कि हम रोज़ सुबह उसकी मोटरसाइकिल चुपके से चलाते हैं, पता नहीं कल कोई बखेड़ा न खड़ा कर दे।''

''सुबह उठ तो जाएँगे, नी हो पाएगा तो तैयार होकर जल्दी काम पे चले जाएँगे। अपने मालिक लोग भी खुस हो जाएँगे।''

''हाँ सई है, हिम्मत नी हारनी है। जब तक अपन चारों लड़कों जैसी बाइक चलाना नी सीख जाते चाहे कुछ हो जाए इसे बंद नी करना है।''

आश्वस्ति की मुस्कान दोनों के चेहरों पर आई।

~

शीतल हैलमेट लगाए काली हीरो होंडा पर सवार होकर चली आई थी। गाड़ी स्टैंड पर लगा कर उसने अदा से हैलमेट उतारा जैसे अभी-अभी सुखोई की उड़ान भर कर उतरी हो। पर्स से मोबाइल निकाल कर देखा, कुल पैंतीस मिनट। उसकी मुस्कराहट दो कोनों तक पहुँच गई। रूपाली ने उसे मुस्कराते देखा तो आँखों ही आँखों में पूछा, ''क्या हुआ?'' शीतल ने मोबाइल की स्क्रीन उसके सामने चमका दी। धुंधलके में मोबाइल की रोशनी में रूपाली के दाँत चमक उठे।

''अपनी गाड़ी के कित्ते मजे हैं ना।'' रूपाली ने थोड़ा लड़ियाते हुए कहा।

शीतल ने हामी भरी। जो दूरी पचपन मिनट या उससे ज्यादा समय में तय होती थी, आज पैंतीस मिनट में पूरी हो गई थी। बिना किसी से रगड़ खाए हुए, बिना किसी को बार-बार कहते हुए, ''भाई साहब ठीक से खड़े रहिए,'' बिना कंडक्टर के भद्दे गाने सुने हुए। दोनों चली आई थीं बस हवा की छुअन महसूस करते हुए। शीतल लौटते हुए रूपाली को उसके मॉल से लेती आई थी। रूपाली को इतनी जल्दी थी मोटरसाइकिल पर बैठने की कि उसने अपनी यूनिफ़ॉर्म भी नहीं बदली थी। गहरी नीली पैंट और हल्की नीली कमीज़ को खोंसे वह काले जूतों में टिपटॉप लग रही थी। पाँच-दस मिनट जब दोनों ने 'अपनी गाड़ी के फ़ायदे' पर एक-दूसरे को निबंध सुना दिया तो चिंता शुरू हुई कि इस काली घोड़ी को कहाँ बाँधा जाए। घर पर बताया तो गाड़ी के भाई द्वारा हथिया लेने की पूरी संभावना है। 'तू कहाँ गाड़ी लेकर जाएगी' से लेकर 'तेरे को मोटरसाइकिल क्यों दी', 'फ्री में क्यों दी कोई तो बात है', 'तू तो बेवकूफ़ है ज़रूर तेरे साहब की बुरी नज़र है' जैसे हज़ारों सवालों के जवाब वह देते-देते थक जाएगी। पर माँ और भाई के सवाल खत्म नहीं होंगे। शोभा की सलाह के बिना कुछ भी करने में उसे खतरा लगा। कुछ हो गया तो बाद में शोभा कहेगी, ''पेले मेरे से पूछा था क्या?'' वैसे भी वह जितने अच्छे तरीके सुझा सकती है कोई नहीं सुझा सकता। वह कहेगी कि घर में बता दो तो बता दिया जाएगा। वरना इसे कहीं ठिकाने से लगाया जाएगा ताकि रोज़ सुबह वहीं से मोटरसाइकिल उठा कर काम पर पहुँचे और वापस आकर फिर उसी जगह टिका दिया जाए। बस एक मोटरसाइकिल और मिल जाए तो शोभा और निर्मला भी अपनी गाड़ी पर काम के लिए जा सकते हैं। चारों सहेलियाँ घर जाने से पहले यहीं बस स्टॉप पर मिलती हैं। फिर थोड़ी-सी गप्पें मार कर घर को चल देती हैं। यह बस स्टॉप उन लोगों का अपना अड्डा है। दोनों बस स्टॉप पर शोभा के आने का इंतज़ार करने लगीं। रोज़ तो चारों पाँच-सात मिनट के अंतर पर पहुँच ही जाती हैं। लेकिन आज शीतल और रूपाली दोनों 'अपनी गाड़ी' पर जल्दी पहुँच गई थीं।

शाम घिरने लगी तो पास की कलाली पर भीड़ का दबाव बढ़ गया। पकौड़ेवाले, भूजा की रेहड़ी, मोमोज़ वाले, बस के यात्री, सब्ज़ी के ठेले, पापड़वालों का शोर बढ़ता जा रहा था। दोनों खड़ी-खड़ी ऊबने लगीं। हर आती

हुई बस से उन्हें लगता कि अब शोभा और निर्मला उतरेंगी। दोनों निर्मला की बातें करने लगे। जब नई आई थी तो कैसी बड़ी-बड़ी बातें करती थीं लेकिन अब ऐसे हो गई है जैसे पता नहीं बरसों से जान-पहचान हो। शीतल ने उसे भी अपनी फ़ैक्ट्री में लगवा लिया है। बिना माँ-बाप की लड़की है पर कोई दया दिखाए तो खाल उधेड़ देती हैं अपनी बातों से। चाचा-चाची के यहाँ रहती है लेकिन चाची को कभी मौका नहीं देती कि वह उसे एक बात कह सके। उसके बारे में मोहल्ले में प्रसिद्ध है कि उसे कभी किसी ने सोते हुए नहीं देखा। चाची सिलाई करती है और वह जाते हुए चाची के लिए पानी का लोटा तक पास में भर कर जाती है। उसकी मेहनत पर बात करो तो वो हमेशा कहती है, ''काम सबको प्यारा, चाम किसी को नहीं।'' जब तक बड़ी बहन थी, दोनों दादी के पास रहती थीं। लेकिन बड़ी बहन की शादी हो गई और दादी स्वर्ग चली गई तो वह चाचा के पास चली आई। दोनों अपनी बातों में लगी हुई थीं कि एक बाइक तेज़ी से आई और पीछे बैठे लड़के ने रूपाली के नितंब पर ज़ोर से हाथ दे मारा। रूपाली चिहुँकी तब तक बाइक तेज़ी से आगे निकल गई। दोनों ने एक-दूसरे की आँखों में देखा। डर के खरगोश वहाँ दुबके हुए थे। आँखों से इशारा किया कि निकल चलते हैं। तभी बाइक वाले लड़के फिर पलट कर आ गए। लड़का रूपाली को आगे की तरफ़ हाथ मारता उससे पहले वह झुक गई। इस बार पता नहीं क्या हुआ रूपाली ने अपनी लम्बी टाँगें हवा में लहराईं और हैलमेट कस लिया। शीतल मज़बूती से पिछली सीट पर बैठ गई और बाइक ने रफ़्तार पकड़ ली। घूँ...की आवाज़ के साथ बाइक पास गई तो शीतल ने पूरी ताकत से अपना झोला लड़के के मुँह पर दे मारा। झोले में रखे स्टील के टिफ़िन ने कमाल दिखाया और हैलमेट न होने की वजह से लड़के के मुँह पर ज़ोर से चोट लगी। लड़का लड़खड़ाया लेकिन हिम्मत नहीं छोड़ी। उसने मोटरसाइकिल को एक पैर पर घुमाया और लड़कियों की विपरीत दिशा में मुड़ गया। लड़का जैसे ही मुड़ा उसे समझ आ गया कि उससे गलती हो गई है। नीली-पीली बत्तियों से चमकती सड़क पर सूई रखने की भी जगह नहीं थी। उसने हड़बड़ाहट में गाड़ी खाली मैदान में मोड़ ली जहाँ हर मंगल को हाट लगा करता था। मैदान से निकलना इतना आसान नहीं था। खाली मैदान में धूल उड़ने लगी, शीतल ने खाली टपरे से एक बाँस खींच

लिया। रूपाली बाइक पर लड़के का पीछा करने लगी। बाइक पास गई तो शीतल ने कस कर पीछे बैठे लड़के को बाँस से मारा। लड़का बाइक को जैसे ही लहराता, रूपाली उसी संतुलन से अपनी बाइक को लहरा देती। बाइक के शोर से भीड़ इकट्ठी हो गई। ऐसा लग रहा था जैसे अनुराग कश्यप की 'गैंग्स ऑफ़ वासेपुर पार्ट तीन' की शूटिंग चल रही है। कभी झोले तो कभी डंडे से शीतल सही समय पर मार लगा रही थी। रूपाली इतनी कुशलता से बाइक सँभाले थी कि दोनों लड़के उनकी हिम्मत देख कर ही आधे पस्त हो गए। भीड़ ने गोल घेरा बना कर एक मज़बूत दीवार बना दी थी। इस दीवार के बीच चलती दो मोटरसाइकिलें मौत के कुएँ की याद दिला रही थीं। पीछे बैठे लड़के के मुँह से खून निकल रहा था। इस बार रूपाली ने बाइक एक पैर पर घुमाई और सामने वाला पहिया हवा में उठा दिया। घुर्र की आवाज़ हुई और लड़कों ने बाइक रोक दी। रूपाली ने गाड़ी का अगला पहिया टिकाया और पिछले पहिए पर से गाड़ी 360 डिग्री पर घुमा दी। ठीक इसी वक्त खड़े हुए लड़कों पर शीतल ने बाँस की चोट की। लड़के भरभरा कर ज़मीन पर गिर गए। रूपाली ने बाइक रोकी और साँस लेने लगी। लड़के ज़मीन पर धूल में पड़े हुए थे। रूपाली ने जैसे ही हैलमेट उतारा उसके बाल बिखर गए। उसके बाल देखते ही भीड़ में चुप्पी छा गई। रूपाली और शीतल ने गहरी साँस ली।

सामने से शोभा और निर्मला चले आ रहे थे। दोनों के चेहरे पर थोड़ा आश्चर्य, थोड़ी खुशी थी। शोभा ने आते ही पूछा, ''बाइक कहाँ से आई?''

''तू कब से गलत सवाल पूछने लगी, तू तो ये पूछ हिम्मत कहाँ से आई?'' रूपाली ने शीतल की ओर देखते हुए हँसते-हँसते कहा। दोनों के चेहरे पर पसीने से बाल चिपक गए थे। निर्मला ने रूपाली और शीतल के बालों को पीछे किया और दोनों को गले लगा लिया। रूपाली ने प्यार से निर्मला की ठोड़ी को छुआ और बोली, ''तू उस दिन पूछ रही थी ना मणिकर्णिका कौन थी?''

निर्मला ने उस दिन की बात याद कर हाँ में सिर हिलाया।

''झांसी की रानी का नाम था मणिकर्णिका। शादी से पहले का नाम।''

लेफ़्टओवर

आलस निकालने के लिए उसने अपने शरीर को ज़ोर से खींचा और एक लंबी उबासी ले ली। गर्मियों की दोपहर गुज़ारना कितना कठिन होता है, यह उससे ज़्यादा कोई नहीं जानता। उसने शीशे के बाहर देखा, सड़क पर इक्की-दुक्की गाड़ियाँ नज़र आ रही थीं। सड़क पार पंक्चर और उसके बगल की चाय की दुकान खाली पड़ी थी। पास ही बर्फ़ के गोले का ठेला खड़ा था जिस पर अनगढ़ से धर्मेन्द्र और हेमा मालिनी पेंट किए हुए थे। ठेले पर लगे बोर्ड पर लाल-नीले-पीले और मरून रंग से 'बर्फ़ का गोला, भगाए गर्मी का शोला' इबारत लिखी हुई थी। बारीक अक्षरों में और भी बातें लिखी थीं पर वह सड़क पार से उन्हें पढ़ नहीं सकता था। बिलकुल वैसे ही जैसे ज्योतिष उसकी किस्मत नहीं पढ़ पाए थे, अपने तमाम दावों के बावजूद। हर साल वह उनकी भविष्यवाणी सच होने का इंतज़ार करता और फिर अगले साल नया इंतज़ार शुरू कर देता।

वह एक और उबासी लेता उससे पहले 'कर्र-कर्र' की आवाज़ के साथ फ़ोन बज गया। उसने बेजारी से फ़ोन उठाया और रटे-रटाए तरीके से कहा, ''तनेजा बेकरी।''

''हलो हाँ तनेजा बेकरी,'' उसका मन किया बोले कि मैडम अभी मैंने फ़ोन उठाकर सबसे पहले यही कहा था। उसने खुद पर काबू पाया और कहा, ''जी तनेजा बेकरी। बताएँ।''

''एक केक बनवाना है।''

''बन जाएगा। आप चाहें तो हमारे रेडिमेड केक से भी पसंद कर सकती हैं।''

''नहीं बना हुआ नहीं चाहिए। एक्चुअली थीम केक बनवाना है।'' उसका मन बुझ गया। ये थीम केक वाले बहुत परेशान करते हैं। डिज़ाइन ज़रा भी इधर-उधर हुई नहीं कि पैसे काटने की धमकी और इतने फ़ोन करते हैं कि वह परेशान हो जाता है। एक थीम केक का मतलब है मिसेज़ तनेजा से हर दिन बात करना। यही उसे सख्त नापसंद है। उसने बहुत नरमी से कहा, ''थीम आप बताएँगी या हमारे कैटलॉग से देखेंगी ?''

''विनी द पू थीम बनवानी है।''

''ओके। वो हमारे कैटलॉग में नहीं है आपको फ़ोटो देना होगा जैसा आप चाहती हैं।''

''ठीक है आप मेल आईडी दीजिए मैं फ़ोटो मेल कर देती हूँ।'' उसने तोते की तरह ईमेल आईडी दोहरा दी। वहाँ से फ़ोन कटने की आवाज़ आई, उसने रिसीवर नीचे रखा और फिर शीशे के बाहर देखने लगा। शीशे के दरवाज़े से बंद दुकान में चलते एसी की ठंडक से वह अंदाज़ा नहीं लगा पाया कि गर्मी आखिर कितनी होगी। उसे लगा कि सालों बीत गए हैं जब उसने किसी मौसम को खुद महसूस कर नहीं देखा है। पहले वह आरामदायक घर में बंद रहता था और अब शीशे के दरवाज़े के पीछे दुकान में। जब लोग सड़कों पर सफ़ेद गमछा बाँधे निकलते तो उसे लगता कि वाकई गर्मी आ गई है। सड़कें सुनसान हो जाती हैं और गाड़ियों का शोर बहुत धीमा। फिर शाम होते ही ग्राहक उमड़ पड़ते हैं। सर्दियों में भी सड़क के पार गुमटी पर जब चाय पीते लोगों का मजमा जमता है, लोग रंग-बिरंगे स्वेटर, जैकेट पहने निकलते हैं तो उसे हल्की ठिठुरन महसूस होने लगती है। सर्दी या गर्मी की हिम्मत नहीं पड़ती थी कि वे दुकान के अंदर घुसें और उसे बता पाएँ कि मौसम का मिज़ाज कितना बदल गया है। पहले पहल जब वह इस दुकान में काम करने आया था तो उसका बहुत मन होता था कि सर्दी में बाहर स्टूल डाल कर बैठे, गर्मियों की शाम को पानी छिड़के और उसकी खुशबू ले। लेकिन वह बस सोचता ही रह गया। जैसे पिछले बीस सालों से वह एक निर्णय लेने के बारे में बस सोच ही रहा है। अब उसे लगने लगा है कि उसने अपने जीवन के कीमती साल दूसरों की सलाह सुनने और कुछ ज़्यादा ही सोचने में बिता दिए।

उसने दराज से मोबाइल निकाला और एक नंबर डायल कर दिया। उसे

पता था कि नींद में डूबी एक बोझिल आवाज़ आएगी। फिर वह बताएगा कि 'विनी द पू' थीम का केक बनना है। फिर मिसेज़ तनेजा पूरा ब्यौरा माँगेंगी और उससे पूछेंगी, ''पैसे कितने बोले?'' मिसेज़ तनेजा काम बाद में देखती हैं, पहले पैसे बताती हैं। वह इसी बात पर डाँट खाता है, वह काम पहले सुनता है और पैसे बाद में बताता है। मिसेज़ तनेजा डाँट कर कहेंगी, ''पहली बार नौकरी कर रहा है ना तो पैसे समझ नहीं आते तेरे को, जीवन भर बाप की कमाई पर ऐश किया है ना।'' उसे यह बात चुभती है, पर वह कुछ कहता नहीं। घर के लोगों की सुनने से तो अच्छा है वह मिसेज़ तनेजा की सुने। वैसे भी वह शुरू से ज्यादा सोचता नहीं है।

सैंतालीस की उम्र में उसके पास सोचने के लिए बहुत ज्यादा कुछ है नहीं। सिवाय इसके कि सोमवार को चॉकलेट सिरप, मैदा, ब्राउन शुगर, आइसिंग शुगर, पेपर लाइनिंग, वनीला एसेंस, शक्कर वाला डिलिवरी देने आता है, मंगल को मफ़िंस, बिस्किट और कुकीज़ बनते हैं, बुध को हफ़्ते भर के आए ऑर्डर का हिसाब उसे जित कौर तनेजा को देना होता है। कई बार हफ़्ते भर पुरानी चीज़ें वह भूल जाता है, लेकिन जब तक वह सारा हिसाब याद कर उन्हें बता न दे वह उसका पीछा नहीं छोड़तीं। वह समझाती हैं कि हिसाब हाथ के हाथ लिख लिया करे। पर वो हमेशा कहती हैं और वह हमेशा सुनता है। हफ़्ते में सिर्फ़ एक ही दिन जित कौर बेकरी के काउंटर पर बैठती हैं। वरना वह हमेशा अपनी वर्कशॉप में रहना ही पसंद करती हैं। जित कौर जिसे वह हमेशा समझाता है कि आपका नाम जीत कौर होगा लेकिन वह अड़ी रहती हैं कि वह जीत नहीं बल्कि जित ही हैं। वह ऐसे-ऐसे केक बना देती हैं, जिनकी कल्पना भी वह नहीं कर पाता। एक बार उन्होंने स्पाइडर मैन केक का ऑर्डर लिया और पूरे आठ घंटे उस पर मनोयोग से काम करती रहीं। डबल डेकर केक को देखकर ग्राहक ने चौंक कर कहा था, ''मैडम खाने वाला ही है ना, मुझे लग रहा है आपने प्लास्टिक से बना दिया है।'' केक सच में इतना सुंदर बना था कि उस व्यक्ति ने कई बार धन्यवाद कहा और जाते-जाते कहता गया, ''मुझे तो इस केक को काटने का मन ही न करे।'' आइसिंग शुगर से खेलना जित कौर का सबसे पसंदीदा काम है। कई बार जित कौर उसे कह चुकी हैं कि वह चाहे तो केक की आइसिंग करना सीख सकता है। लेकिन

उसकी शुरू की आदत है, नए काम उसे कभी नहीं लुभाते। जित कौर के बहुत दबाव के चलते उसने बस सफ़ाई से हैप्पी बर्थ डे लिखना सीखा है। कई बार लोग रेडिमेड केक लेने आते हैं तो उसे यह लिख कर उन्हें देना पड़ता है। अक्सर यह काम गुरुवार को ज़्यादा होता है। यही दिन उसे सबसे नापसंद है। उसे लगता है कि इस दिन वह छोटे-छोटे मफ़िंस, केक, पेस्ट्रियों में बदल जाता है, उन लेफ़्टओवर्स में जिन्हें मिसेज़ तनेजा कम कीमत पर बेच देती हैं। हर गुरुवार उनके यहाँ लेफ़्टओवर्स खरीदने के लिए ग्राहकों की भीड़ उमड़ी रहती है। छह मफ़िंस का जो सेट आम दिनों में वह चार सौ रुपये में बेचती हैं गुरुवार को ढाई-सौ से तीन सौ में दे देती हैं। केक और पेस्ट्री की कीमत भी वह कम कर देती हैं। वह हर गुरुवार लेफ़्टओवर सेल लगातीं और लगभग दुकान खाली हो जाती। उसे लगता कि लोग सेल के नाम पर बासी केक भी खरीद लेते हैं। भले ही वे मुलायम न रह गए हों। क्या लेफ़्टओवर्स तभी बिक सकते हैं जब उनकी कीमत कम हो। वह खुद से सवाल करता है, लेकिन उसे जवाब नहीं मिलता।

लेकिन उसे अब तक कोई खरीदार नहीं मिला था। जबकि उसकी मुलायमियत अब तक बरकरार थी। उसका दिल साफ़ था वह दयालु था। लेकिन शादी के बाज़ार में लड़के के दयालु होने से कोई फ़र्क नहीं पड़ता। उसे कमाने वाला होना चाहिए। उसके दोस्त वैसे भी बहुत नहीं थे। पर जितने थे उनमें बस वही बचा है, जिसकी अभी तक शादी नहीं हुई। उसने कभी संजय की तरह शराब पी कर नहीं देखी, कमल की तरह गुटखा नहीं चबाया। लेकिन वो दोनों कमाते थे, कॉलेज पास करते ही, इसलिए उनकी शादी हो गई। वह अकेला कुँआरा बच गया। गुरुवार को जब भी वह अलमारी में सस्ते बिकते मफ़िंस देखता तो उसे लगता कि वह उन छोटे-छोटे मफ़िंस, केक और पेस्ट्री से भी बदतर है। सख्त हो गए, बासी केक लोग खरीद सकते हैं, लेकिन बिना ऐब वाले जीते-जागते लड़के को नहीं अपना सकते। उसे नौकरी का वह पहला दिन याद आता जब वह बेमन से इस काउंटर पर बैठा था। उसे लगता कि वह भी एक अनचाहे केक की तरह यहाँ पड़ा हुआ है, जिसे कुछ लोग लेफ़्टओवर सेल में भी नहीं खरीदते। जब तक उम्र थी उसने कभी लगकर नौकरी करने पर गौर नहीं किया। वह छोटे-मोटे काम करता और जब चाहे छोड़ कर घर

बैठ जाता। पिता की पेंशन उसे मिलने वाली तनख्वाह से ज्यादा थी। घर का खर्च चलाने के लिए उसे कभी जद्दोजहद नहीं करनी पड़ी। वह समझ ही नहीं पाया कि गृहस्थी लोगों से बहस करने से नहीं बल्कि कमाने से चलती है।

मिसेज़ तनेजा उसे अक्सर कोई-न-कोई लड़की बताती रहती थीं। लेकिन उसे लगता था कि उसमें कोई कमी नहीं इसलिए वह समझौता नहीं करेगा। लोग उसे जो भी लड़की बताते, ऐसा संयोग होता कि वह मोटी होती। शुरू में तो वह टालता रहा। लेकिन जब लोगों ने लड़कियाँ बताना बंद नहीं किया तो उसने साफ़ तौर पर कह दिया कि चाहे जो हो जाए वह मोटी लड़की से शादी नहीं करेगा। कुछ लोगों ने उसकी खिल्ली उड़ाई, कुछ ने मुँह पर ही कह दिया कि इस उम्र में दुबली लड़की की ख्वाहिश छोड़ दे। कुछ उसकी पीठ पीछे उसे पागल कहने से भी बाज़ नहीं आए। लेकिन वह टस-से-मस नहीं हुआ। इस बार जब उसने अपने जीवन के सैंतालिस साल पूरे किए तब भी उसे अफ़सोस नहीं था कि वह कुँआरा है। उसकी दुबली लड़की की ख्वाहिश बदस्तूर जारी थी।

उसका मिसेज़ तनेजा से मिलना भी एक संयोग था। किसी परिचित के मार्फ़त वह मिसेज़ तनेजा की बेटी से शादी के सिलसिले में मिलने आया था। पर उसका वज़न भी उसके मापदंड के अनुरूप नहीं था। बात नहीं जमी लेकिन मिसेज़ तनेजा ने उससे बात करने का सिलसिला खत्म नहीं किया। आखिरकार एक साल की मेहनत के बाद मिसेज़ तनेजा ने उसे अपनी बेकरी सँभालने के लिए राज़ी कर ही लिया। मिसेज़ तनेजा की बेटी भी ब्याह कर कनाडा चली गई। घर पर भी ऐसे हालात नहीं थे कि वह पहले की तरह दिनभर खाता और सोया रहता। दोनों बड़े भाई ब्याह गए थे। भाभियों को वह बहुत खटकता था। माँ और पिता बूढ़े हो गए थे और उन्हें बहुओं के साथ ही रहना था। आखिरकार वह तनेजा बेकरी का हिस्सा हो ही गया।

आज फिर गुरुवार था। वह अलमारियों को साफ़ करा रहा था ताकि कल से नए केक, पेस्ट्री और मफ़िंस रखे जा सकें। उसने यूँ ही कहा, ''इस बार सिर्फ़ छह पीस लेफ़्टओवर्स बचे तनेजा आंटी। लगता है कि आपकी लेफ़्टओवर्स सेल फ़ेमस हो रही है।''

मिसेज़ तनेजा ने हँस कर कहा, ''नहीं रे पगले, मैं समझौता करती हूँ

इसलिए सब बिक जाता है। सौ की चीज़ पिचहत्तर में बेचती हूँ, पचास की चालीस में। लोग भी समझौता करते हैं, वो हफ़्ते भर पहले का बना केक लेते हैं। वैसे तो कोई खास अंतर पता नहीं चलता। लेकिन उनके दिमाग में रहता है कि ये लेफ़्टओवर है। सब कुछ दिमाग पर ही तो निर्भर है। मैं यदि इन्हें ताज़ा कह कर बेचूँ तो शायद एकाध ही समझ पाए। लेकिन समझौता दोनों ओर से होता है। इसलिए वो खरीद लेते हैं और मैं बेच देती हूँ। लेकिन जो लोग समझौता नहीं करते, वो उन्नीस-बीस के अंतर की ही बड़ी कीमत चुकाते हैं।''

वह चुपचाप सुनता रहा। मिसेज़ तनेजा ने उस पर निगाह डाली और मुस्करा दीं। सामने से कीर्ति मित्तल चली आ रही थी। उसके साथ स्कूल में थी। उसे बहुत पसंद थी और उसके घर के पास ही रहती थी। वह बस सोचता ही रह गया कि उससे मन की बात कहता। दुबली-पतली कीर्ति के माथे पर सिंदूर की हल्की-सी रेखा थी। उसने गौर से देखा, वह मोटी तो नहीं लेकिन गदबदी हो गई थी, भरी-भरी सी। कीर्ति ने उसकी ओर बिना देखे कहा, ''आंटी एक मीडियम साइज़ केक।''

''लेफ़्टओवर्स से ?'' गुरुवार को मिसेज़ तनेजा यह सवाल ज़रूर पूछती हैं।

''नहीं आंटी फ्रेश।'' उसने पाँच सौ का नोट निकाल कर काउंटर पर रखा, ''चाहे जितना भी सस्ता मिले मैं लेफ़्टओवर्स नहीं खरीदती।'' वह मुस्कराई।

उसे लगा कि अब वह लेफ़्टओवर होने से भी चूक गया है।

एक बात कहूँ

उसने अपनी आखिरी कविता पढ़ी और बैठ गई। सभी नज़रें उसका पीछा करती रहीं जब तक वह अपनी कुर्सी तक पहुँच नहीं गई। मुट्ठी भर हड्डियों वाली उस लड़की ने आज वाकई मंच लूट लिया था। उसने पाँच कविताएँ पढ़ी थीं छोटी-छोटी और हर कविता पहली से बेहतर। आज वह पहली ही बार दिखाई दी थी। मैं अक्सर साहित्यिक कार्यक्रमों में जाता रहता हूँ। कविताओं के कार्यक्रम में तो खास कर। पर पहले मैंने उसे कभी नहीं देखा था। उसकी कविता का जादू था या उसकी दुबली देह पर लिपटी जामुनी सूती साड़ी का कि उसके बाद बहुत से लोग आए और कविताएँ पढ़ते रहे पर मेरा मन किसी कविता में फिर नहीं बँध सका। मुझे पहली बार कार्यक्रम में जल्दी आने पर अच्छा लगा। यदि देर से आता तो इस नई लड़की को सुन ही नहीं पाता। वरिष्ठों को तो मैं कई बार सुन चुका था। पर आज खासतौर पर जल्दी आया ही इसलिए था कि नए लोगों को सुनूँगा। साहित्यिक कार्यक्रमों में आकर इतना मैं जानने लगा था कि पहले नए लोग अपनी रचनाएँ पढ़ते हैं उसके बाद वरिष्ठों का क्रम आता है। मेरा मन उस लड़की की कविताओं में इस कदर डूब चुका था कि मुझे बाकी की रचनाओं से लगभग ऊब होने लगी थी। कोई और दिन होता तो मैं कब का उठ कर चल दिया होता। मगर पता नहीं क्यों, मैं उससे बात करना चाहता था और उसके लिए ज़रूरी था

कि मैं वहाँ टिका रहूँ। जब बहुत देर हो गई तो मेरा धैर्य चुक गया और मैं उठ कर बाहर चला आया। कार्यक्रम था कि खत्म ही नहीं हो रहा था। कुछ देर मैं वहाँ ठहरा रहा कि मेरे जैसा कोई ऊब का मारा बाहर निकलेगा तो मैं उस लड़की का नाम पूछ लूँगा। करीब दो दर्जन कविता पढ़नेवालों के बीच सिर्फ़ एक लड़की का नाम पूछना मुझे कुछ ठीक नहीं लग रहा था, इसलिए मैंने सोचा था कि चालाकी से नए लोगों के नाम लिख लूँगा। इस कार्यक्रम में वैसे भी नए लोग ज़्यादा थे। पुरानों को तो मैं जानता था। लेकिन जब देर तक कोई नहीं आया तो मैं मंडी हाउस मेट्रो स्टेशन की ओर चल दिया।

अंदर की अपेक्षा बाहर हल्की-सी उमस थी। लगता था बस थोड़ी देर पहले ही बारिश हुई है। पत्तों पर ठहरी हुई बूँदें बस गिरने को थीं, पर गिर नहीं रही थीं। ठीक वैसे ही जैसे मैं कार्यक्रम के खत्म होने का इंतज़ार कर रहा था। पानी के छोटे-छोटे चहबच्चों में दो चिड़ियाँ अठखेली कर रही थीं। मैं देर तक उन्हें देखता रहा। घड़ी ने साढ़े सात बजाए तो मैंने सोचा, 'छोड़ो लड़की को घर पहुँचते हुए नौ बज जाएँगे और कल भी खिचड़ी खाई थी, इसलिए आज तो कुछ अच्छा खाना बनाना ज़रूरी है। लड़की का नाम किसी से पूछ लूँगा। और यदि कविता की दुनिया में उतरी है तो कहीं-न-कहीं फिर टकराएगी।'

मंडी हाउस के साफ़-सुथरे माहौल से निकल कर जाने का वैसे ही मन नहीं करता और उस पर से आज ये जामुनी साड़ी भी मुझे रोक रही थी। पर क्या करता समय से घर पहुँचना ज़रूरी है। वरना मेरा रूममेट राजेश समझेगा कि मैं खाना बनाने के चक्कर में देर से आता हूँ। मैं पैदल चलते हुए मेट्रो स्टेशन पर आया। अंदर भीड़ का सैलाब था। पता चला कि लाइन में कोई खराबी है, पिछले पंद्रह मिनट से मेट्रो नहीं आई है। दफ़्तर की छुट्टी का वक्त ऊपर से मेट्रो पंद्रह मिनट न आए तो स्टेशन का हुलिया ही बिगड़ जाता है। मैं फिर से बाहर आ गया ताकि बस पकड़ सकूँ। बस स्टैंड पर मौजूदा भीड़ से साफ़ पता चल रहा था कि मेट्रो के मारे बहुत से लोग यहाँ खड़े हैं। सामने एक बूढ़ी अम्मा बैठी जामुन बेच रही थी। मुझे फिर जामुनी साड़ी की शिद्दत से याद आ गई। मैंने अभी पहला जामुन खाया ही था कि देखा सामने से वह चली आ रही है। मुझे मेरा रूममेट याद आ गया जो हर बात में कहता है, ''यही तो चमत्कार है, बाकी तो सब किस्तम है प्यारे!'' मेरे होंठों पर एक मुस्कराहट फैली और मेरे मन ने

कहा, 'हाँ यही किस्मत है प्यारे।' वह आई और मेट्रो स्टेशन की तरफ़ बढ़ गई। मैं फुर्ती से आगे बढ़ा और उससे कहा, ''मेट्रो खराब है।'' उसने अजीब निगाहों से मुझे देखा। ''मैं आपको पहचानता हूँ, मतलब जानता हूँ, अभी आपकी कविता सुनी। आखिरी वाली तो बहुत अच्छी थी, बसंत वाली,'' मैंने जल्दी से कहा ताकि वह मुझे उठाईगिरा न समझ ले। ''ओह, धन्यवाद। वैसे मेरी कविता में वसंत है, बसंत नहीं,'' वह हँसी। मुझे लगा कि उसकी हँसी में उमस के कुछ टुकड़े घुल गए हैं। गहराती शाम उसकी साड़ी पर उतर आई थी। रोशनी में जो साड़ी जामुनी दिख रही थी वह अब कुछ काली-सी लगने लगी थी। उसकी साँवली रंगत और साड़ी के बीच बहुत कम अंतर रह गया था। उसके पूरे चेहरे पर पसीना चमक रहा था। उसने पल्लू से पसीना पोंछा और बुदबुदाई, ''क्या मुसीबत है। अब घर कैसे जाऊँगी। मेट्रो खराब हो जाए तो मुसीबत बढ़ जाती है। पता नहीं सरकार क्या करती है।''

''हर बात में सरकार को नहीं कोसना चाहिए। सरकार तो इंफ्रास्ट्रक्चर बना देती है, फिर उसे मेंटेन करना उस विभाग की ज़िम्मेदारी है।''

''तो विभाग भी तो सरकार के अधीन होते हैं।''

''हाँ पर मेट्रो स्वतंत्र इकाई है।'' हालाँकि मैंने कहने को तो कह दिया था पर पूरी तौर पर मुझे भी नहीं पता था कि मेट्रो अलग है या नहीं। फिर मैंने सोचा कि इसे कौन-सा पता होगा। साहित्यकार तो वैसे ही कुछ नहीं पढ़ते।

''जो भी हो पर अभी तो मैं फँस गई हूँ ना।''

''मैं नहीं हम।'' मेरे हम कहने पर उसने निगाह मेरे चेहरे पर जमा दी।

''मेरा मतलब है मैं भी। आप अकेली नहीं हैं। यहाँ देखिए कितने लोग हैं जो परेशान हो रहे हैं। लीजिए आप जामुन खाइए।'' मैंने जामुन का दोना उसकी ओर बढ़ा दिया। ''वैसे भी यह आपकी साड़ी से मैच कर रहा है।''

''आपको रंग बड़े समझ में आते हैं। मैंने तो सुना था कि लड़के कलर ब्लाइंड होते हैं।'' वह मुस्कराई तो मेरी जान में जान आई कि चलो ये नाराज़ नहीं है।

''पर ये दो चार जामुन खाने से मेरा कुछ नहीं होगा। मुझे बहुत तेज़ भूख लगी है।''

''तो कहीं चलें। बैठ कर कुछ खाते हैं।''

''फिर कभी,'' कहते-कहते आती हुई एक एसी बस पर उसकी निगाह जम गई। एक लाल बस ऊँघती हुई सी चली आ रही थी। बस ने झटके से ब्रेक लगाए और दरवाज़ा खुल गया। मैं कुछ कहता-समझता उससे पहले ही वह बस में चढ़ गई और बस चल दी।

~

सितंबर की उमस से निकलकर धीरे-धीरे हवा के टुकड़े ठंडक ओढ़ते जा रहे थे। हवा में ऐसा कुछ नहीं था जिसे खुनकी कहा जा सकता। पर मौसम ऐसा था जिसमें पैदल चल कर टहला जा सकता था और माथे पर पसीने की बूँदें छलकने के कोई आसार नहीं थे। उससे मिले पूरे तीन महीने होने जा रहे थे। इस बीच मैं कई छोटे-बड़े कार्यक्रमों में गया था। पर वह थी कि किसी कार्यक्रम में नज़र ही नहीं आई थी। मन में अजीब-सी खलबली थी। कई लोगों से अलग-अलग तरीकों से पूछ चुका था पर किसी को उसके बारे में ज्यादा पता नहीं था। मैं कई बार यूँ ही बिना किसी कार्यक्रम के मंडी हाउस पर चक्कर लगा चुका था। कई पहचाने चेहरे टकरा जाते थे, बस एक वही चेहरा नहीं दिखता था कि जिसकी मुझे तलाश थी। मुझे रह-रह कर उसका वाक्य गूँजता था, ''आपको तो रंगों के बारे में बड़ा पता है, मैंने तो सुना है लड़के कलर ब्लाइंड होते हैं।'' मुझे उसका नाम तक पता नहीं चल पा रहा था। मैं किसी से खोद-खोद कर पूछ भी नहीं पा रहा था कि उस दिन जामुनी साड़ी में लिपटी उस बहार का नाम क्या है। मैं मन-ही-मन खुद से पूछता था, ''क्या मुझे उससे प्यार हो गया है।'' मन ठीक-ठीक जवाब नहीं दे पाता। प्यार का तो पता नहीं था पर हाँ इतना ज़रूर था कि मैं एक बार और उससे मिलना चाहता था। उससे मन भर के बात करना चाहता था, उसके साथ घूमना चाहता था और उसका नाम जानना चाहता था। जब तक मुझे उसके बारे में पता नहीं चल रहा था, मैंने उसके कई नाम रख दिए थे। मैं कभी उसे कामिनी पुकारता कभी सुदर्शना, कभी सुनयना तो कभी कंचन। हर बार उसके लिए नया नाम सोचता तो पुलक से भर उठता। मैं उसे बताना चाहता था कि देखो मैंने तुम्हारे कितने नाम रखे हैं। लेकिन वो बेदर्दी ऐसी खोह में छुपी थी कि उसका पता-ठिकाना ही मिलना मुश्किल था।

मैं वक्त गुज़ारने की गरज से एक किताब की दुकान में चला गया। मैं

अक्सर उसी दुकान से किताबें और पत्रिकाएँ खरीदा करता था। मेरी आदत थी, वहाँ खड़े होकर तसल्ली से किताबें पलटता, देखता किसमें क्या आया है और कोई भी ठीक लगने वाली दो-चार पत्रिकाएँ खरीद लेता था। मैंने अभी पीछे से पन्ना पलटना शुरू ही किया था कि देखता हूँ उसकी तस्वीर के साथ चार कविताएँ छपी हैं। यह साहित्य की सबसे प्रतिष्ठित पत्रिका थी। यहाँ नए लोगों का छपना तो लगभग नामुमकिन था। चाहे कविता हो कहानी या लेख। संपादक महोदय बहुत सोच-समझ कर छापते थे। इतनी भीड़ में यह इकलौती पत्रिका थी जिसकी विश्वसनीयता अब तक बनी हुई थी। मैंने फ़ौरन उसके नाम पर नज़र डाली। राजलक्ष्मी सोनवणे। लगभग एक साँस में मैंने उसकी चारों कविताएँ पढ़ डालीं। उसके बाद मैंने कोई पन्ना नहीं पलटा। और जेब से तीस रुपये निकाल कर दुकानदार की ओर बढ़ा दिए। उसने पैसे लिए और पूछा, ''बस एक ही ?''

''दो-तीन दिन बाद आकर दूसरी पत्रिकाएँ भी ले जाता हूँ।''

''जल्दी आ जाइएगा। आपकी तरह एक और मैडम आती हैं वो भी हर बार यही चार-पाँच पत्रिकाएँ लेती हैं। वैसे भी मैं पाँच प्रतियों से ज्यादा नहीं मँगवाता।'' मैं जाने के लिए मुड़ा ही था कि देखा वो सामने से चली आ रही है। जिसे मिलने के लिए मैंने ज़मीन आसमान एक कर दिया वह उस दिन प्रकट हो गई जिस दिन मैंने चाहा भी नहीं। वह आई और निर्लिप्त भाव से मेरे बगल से निकल कर दुकान पर पहुँच गई। उसने मुझे पहचाना नहीं था या इस पत्रिका में छपने पर उसके भाव बढ़ गए थे। मैंने मन को समझाया, उस दिन की संक्षिप्त बातचीत के सहारे कोई किसी को तीन महीने याद भी नहीं रख सकता था। जब तक मन में दोबारा मिलने की मेरी तरह शिद्दत न हो। पर मेरी वही शिद्दत बगल से गुज़र गई और मैं वहीं जड़ खड़ा रहा।

~

घर लौट कर समझ नहीं पा रहा था कि मुझे क्या खटका है। उसका मुझे न पहचानना या उस प्रतिष्ठित पत्रिका में चार कविताएँ छप जाना जिसमें छपने के लिए मैं कई महीनों से कोशिश कर रहा हूँ। यह तो किसी कार्यक्रम में दिखती भी नहीं फिर भी चार कविताएँ छपवा लीं। जबकि उस पत्रिका के संपादक को मैंने कई बार आत्मीय नमस्कार किया था और वह मुझे पहचानते थे। मैंने कविताएँ

पढ़ीं। कविताएँ वाकई अच्छी थीं। वह दूसरे युवा कवियों के मुकाबले भाषा और बिंब के साथ बहुत खूबसूरती से खेलती थी। उसकी हर कविता आखिर में एक पंच छोड़ती थी। मैंने उन कविताओं को दोबारा पढ़ा, तिबारा पढ़ा। हर बार उसकी कविता नए अर्थ देती थी। मैं उन कविताओं को तब तक पढ़ता रहा जब तक मैं थक कर उसकी कविताओं पर ही औंधा हो कर सो नहीं गया। रविवार की दुपहरी की नींद खिंचकर यदि देर शाम तक चली आए तो मुझे हमेशा झुँझलाहट होती है। लेकिन अंधेरा घिर जाने के बाद मैं जागा तो मुझे खुद पर बिलकुल गुस्सा नहीं आया। मैंने हाथ बढ़ा कर लाइट का बटन दबा दिया। ट्यूबलाइट की दुधिया रोशनी में मैंने एक बार फिर उसकी कविताएँ पढ़ीं और जी भर कर उसकी तस्वीर को निहारा। फ़ोटो बहुत स्पष्ट नहीं थी पर मैं उसे साक्षात् दो बार देख चुका था इसलिए मुझे उसकी वही मुस्कराहट तस्वीर में भी महसूस हुई।

～

खचाखच भरे हॉल में आज एक सम्मान समारोह था। कई साहित्यकारों के बीच उसे भी युवा कवि सम्मान मिल रहा था। आज दफ़्तर में बहुत काम होते हुए भी मैं यहाँ आया था सिर्फ़ उसके लिए। यह बात वह जानती नहीं फिर भी। आज वह सुर्ख सिंदूरी ब्लाउज़ पर हल्के हरे रंग की साड़ी पहने हुई थी। उसका चेहरा भी बहुत खिला हुआ था। वह स्टेज पर बहुत गंभीर मुद्रा में बैठी हुई थी। मुझे थोड़ी देर पहले चाय के दौरान उसका सबसे हँस कर मिलना याद आया। वह बहुत सौम्यता से बात करती है। मुझे याद आया थोड़ी देर पहले ही मैंने उससे कहा है कि मुझे आप भी पसंद हैं और आपकी कविताएँ भी।

उसने बिना नाराज़ हुए कहा था, ''कतार में लग जाइए आपका नंबर 20वाँ है। 19 लोग मुझसे ये बात कह चुके हैं!'' वह खनकती हँसी के साथ चली गई।

मैं हिम्मत करके फिर उसके पीछे गया और कहा, ''सच में।''

उसने पलट कर कहा, ''मैंने कब कहा आप झूठ बोल रहे हैं?''

''अब आप ये सब फ़ेसबुक पर लिख देंगी,'' मैंने सवाल किया।

''मैं फ़ेसबुक पर नहीं हूँ। और अगर होती तब भी नहीं लिखती। बिना फ़ेसबुक पर लिखे भी मुझे निपटना आता है। मैं कोई बादशाह नहीं जो ऐलान कर जंग करूँ।''

वह मुस्करा कर हॉल में चली गई। तालियों की गड़गड़ाहट से मेरी तंद्रा टूटी। कैमरामैन उसे सामने देखने के लिए कह रहे थे। वह अपने प्रशस्ति पत्र को सामने दिखाकर मुस्करा रही थी। मैंने भी अपने मोबाइल में वह क्षण कैद कर लिया। मेरे बगल में किसी ने कानाफूसी की, ''निर्णायक भी दलित, सम्मान पाने वाली भी दलित।'' मेरे अंदर बैठा मिश्रा धक्क से रह गया। ''दलित।'' बस यही शब्द मैंने सुना बाकी अनसुना ही रह गया। पर ये कविताएँ अच्छी लिखती हैं, मैंने पलट कर प्रतिवाद किया।

''हाँ, लिखती होंगी। लेकिन इस साल तो और भी अच्छे लोग थे। पर चरण जी तो खोज-खोज कर दलित लाते हैं।''

''प्रतिभाशाली दलित,'' मैंने फिर कहा। पर मुझे खुद लगा जैसे दलित शब्द कहीं दूर से गूँजता हुआ मेरे कंठ से निकला है। मैं अनमना-सा वहाँ बैठा रहा। कार्यक्रम खत्म होने के बाद जब मैं निकला तो देखा बहुत से लोगों के बीच वह घिरी हुई है। कोई उसका फ़ोन नंबर माँग रहा है तो कोई उसका पता जानना चाहता है। मैंने ठिठक कर उसकी ओर देखा, उसने बहुत आत्मीय निगाह मुझ पर डाली। यह ऐसी निगाह थी जिस पर निहाल हुआ जा सकता था। मैं मुस्कराया और बढ़ गया। शाम उसके सिंदूरी ब्लाउज़ की तरह धरती पर उतर रही थी। मैं अपने अंदर बैठे अबीर मिश्रा से लड़ रहा था। मैंने उसके लिए एक कविता लिखी थी, सोचा था कि आज कार्यक्रम के बाद उसे ज़रूर दूँगा। लेकिन मिश्रा मन था कि सोनवणे पर जाकर अटक गया था। मैं मेट्रो स्टेशन पर पहुँचा तो वही जामुन बेचने वाली बैठी थी। मुझे लगा कि वह खड़ी है और मैं उसे जामुन दे रहा हूँ। वह कह रही है, ''एक-दो जामुन से कुछ नहीं होगा, मुझे भूख लगी है।'' वह दुबली-पतली लड़की जिसे मैं ठीक से जानता भी नहीं, वह लड़की जिससे मिलने के लिए कल तक मैं बेताब था, आज उससे दूर जा रहा हूँ। मेरे पढ़े-लिखे मन ने मुझे धिक्कारा। डिग्री तो मेरे पास इंजीनियरिंग की थी, नौकरी भी मैं अपनी डिग्री वाली ही करता था। पर समझता खुद को बुद्धिजीवी था। मुझे लगता था, कंप्यूटर पर खटर-पटर करने वाले मेरे दफ़्तर के लोगों से मैं अलग हूँ। पर नहीं मैं तो उन्हीं में से था जो किताबें फ़ैशन के लिए पढ़ते हैं।

मुझे उसकी गहरे काले रंग की आँखें याद आ गईं। मैं फ़ौरन पलटा और

तेज़-तेज़ कदमों से वापस लौट गया। खाना शुरू हो चुका था, लोग प्लेटें हाथ में लिए बतिया रहे थे। वह किसी वरिष्ठ से बतिया रही थी। मैं उसके पास जाकर खड़ा हो गया।

''अरे आप कहाँ चले गए थे?''

''इतनी भीड़ में भी आपको पता चल गया कि मैं कहीं गया था।'' मैंने उसकी बात का जवाब देने के बजाय सवाल किया।

''आप मेरे सामने ही तो गेट से बाहर निकले थे।''

मैं चुप रह गया।

''मैं तो सोच रही थी आपके साथ बाहर खाना खाऊँगी। उस दिन आप कह रहे थे ना, जिस दिन मेट्रो खराब हो गई थी।''

''आपको याद है।'' मुझे आश्चर्य हुआ।

वह धीमे से मुस्कराई। उसके थोड़े से बाहर निकले हुए दाँत हल्के से बाहर निकल आए। वह एक मासूम खरगोश की तरह लगने लगी। मैंने उससे कहा, ''एक बात कहूँ?''

उसने कहा, ''पहले प्लेट ले आइए, वर्ना खाना खत्म हो जाएगा। क्योंकि मुझे मालूम है कि आप क्या कहना चाहते हैं।''

''हो ही नहीं सकता कि आपको मालूम हो कि क्या कहना चाहता हूँ।''

''दर्जनों लोगों से जो एक लड़की का नाम जानना चाहता हो वह क्या कहेगा।''

मेरी आँखें आश्चर्य से फैल गईं। वह शरारत से मुस्कराई।

''आपको पता है, मेरा बड़ा भाई कहता है कि मुझे इंटेलीजेंस सर्विस में होना चाहिए।''

''तो मैं क्या समझूँ।''

''फिलहाल तो इतना ही कि आप खाना खाएँ और हम मेट्रो स्टेशन चलें, साथ-साथ।''

उसने साथ-साथ पर ज़ोर दिया।

मैंने कहा कि भूख नहीं है। उसने तुरंत कहा, ''मैं कहीं नहीं जा रही। खाना खा लीजिए। कुछ बातें भरे पेट ही समझ आती हैं।''

''मतलब,'' मैंने डर कर कहा।

''यही कि जब लंबे सफ़र पर चलना हो तो मन खाली और पेट भरा होना चाहिए। क्योंकि पेट खाली और मन भरा हो तो न नज़रें कहीं ठहरती हैं न दिल। जब किसी से बात करने की मिलने की संतुष्टि पाना हो तो पेट भरा होना ज़रूरी है। एक मिनट ठहरिए।'' कहते हुए वह चली गई। मैं वहीं खड़ा रहा। जब वह लौटी तो उसके हाथ में करीने से परोसी गई एक प्लेट थी। उसने प्लेट मेरे हाथ में थमाई और बोली, ''आपको पता है एक अच्छा कवि वही है जिसे पता हो कि पाठक क्या चाहता है।''

''और एक अच्छी पत्नी?'' मैं बोलने को तो बोल गया लेकिन मैंने महसूस किया कि मेरे पैरों में कंपन हो रहा है।

''आपको पता है एक अच्छा पाठक और आलोचक भी वही है जो कवि को जज करने की जल्दबाज़ी न दिखाए।''

''मैं कवि को जज नहीं कर रहा।''

''आप राजलक्ष्मी सोनवणे को नहीं अभी तक एक कवि को ही जानते हैं।'' उसने अपने दाँत होंठों के बीच दबा लिए। वह एक मासूम की खरगोश की तरह दिखने लगी। उसने कहा, ''चेहरे बदल जाते हैं। लेकिन इंसान हमेशा वही रहता है। आपको पता है मेरी दीदी कहती हैं, 'जिसे सुबह-सुबह बिना नहाए, बिना ब्रश किए देखने पर भी अच्छा महसूस हो वही असली जीवनसाथी है। तैयार होकर तो सभी अच्छे लगते हैं।' यह तभी हो सकता है जब दो लोगों के विचार मिलते हों। तभी सुंदरता और पहनावे जैसी बातें गौण होती हैं।''

मैं उससे कैसे कहता कि मेरे अंदर बैठे मिश्रा की परेशानी दूसरी है। प्लेट अब तक उसके हाथ में थी। मेरे कंधे पर बड़ा-सा बैग टँगा था। उसने अधिकार के साथ एक हाथ से मेरे कंधे से बैग लेते हुए मुझे प्लेट पकड़ा दी। उसने सहजता के साथ बैग अपने कंधे पर टाँगा और कहा, ''मैं वहाँ प्रज्ञा दीदी के पास हूँ। खाना हो जाए तो वहीं आ जाना, फिर साथ में मेट्रो स्टेशन तक चलेंगे।'' कंधे से बोझ उतरते ही मैंने खुद को बहुत हल्का महसूस किया। मैं उसे हॉल के दूसरे कोने में जाता देखता रहा। एक छोटी-सी पोनीटेल उसके चलने से यहाँ-वहाँ झूल रही थी। मैंने मन-ही-मन कई बार उसका नाम दोहराया।

मैं आराम से खाना खाने लगा। पेट भरा हो तो देर तक बातें की जा सकती हैं, खूब सारी बातें।

सुरक्षा चक्र

दृश्य-1

फटे हुए कपड़े में एक लड़की स्टेज पर खड़ी है। पीछे बैकड्रॉप में इंडिया गेट और राजपथ दिख रहा है। पेड़ और खंबे हैं। नेपथ्य से आवाज़ आ रही है,

नैनं छिन्दन्ति शस्त्राणि नैनं दहति पावक: ।
न चैनं क्लेदयन्त्यापो न शोषयति मारुत: ॥
श्रीमद्भगवद् गीता 2/23

(न कभी इस आत्मा को शस्त्र से खंड-खंड किया जा सकता है, न कभी इस आत्मा को आग जला सकती है, न कभी इस आत्मा को भिगोया जा सकता है और न कभी इसे हवा सुखा सकती है।)

आवाज़ बंद होती है तो फटे कपड़े वाली लड़की आकर बोलना शुरू करती है, ''हम बारिश में नहीं भीगतीं, बस एक-दूसरे के आँसुओं में भीगती हैं। हमें गर्मी नहीं लगती बस एक-दूसरे के अनुभव मन को जला देते हैं। हमें सर्दी नहीं लगती बस लोगों की ठंडी निगाहें ही काफ़ी हैं। पहले हम इक्का-दुक्का थीं। अब तो भीड़ हो गई है। हर दिन हमारे इस आशियाने में 'नया केस' या यूँ कह लीजिए 'नया मामला' आता रहता है। दरअसल अब हम विमला, कमला, सरला, तरला या 'अबला' नहीं बस 'मामला' हैं। जितनी हम बढ़ती हैं उतना ही राजनेता, पुलिस परेशान होती है और हम पर दुकानदारी करने वाले खुश। आखिर दुकानदार को क्या चाहिए, सिवाय हर रोज़ नए माल के।''

तभी दूसरी लड़की पास आती है। उसके कपड़े भी फटे हुए हैं। शरीर पर घाव हैं, जिनसे खून रिस रहा है।

''यह तुम किस से बतिया रही हो। चलो यहाँ देखो आज एक साथ दो आ गई हैं।''

''नहीं बतिया नहीं रही। बस कुछ लोगों को बताना चाह रही थी। एक साथ दो कैसे आ गईं। एक ही शहर की हैं क्या?''

''नहीं अलग-अलग शहर की हैं। शहर तो छोड़ो प्रदेश भी अलग-अलग हैं।''

''चलो देखती हूँ। अब तो रहने की भी जगह नहीं है।''

''उस खंबे पर देखो अभी तीन की जगह खाली है।''

''आप यहीं रुकिए मैं अभी आती हूँ।''

''लड़की पहुँचती है। खंबे और पेड़ों को देखते हुए गिनती बुदबुदा रही है, एक, दो, तीन, दस, पचास...दूसरी लड़की की ओर देखते हुए कहती है, ''तीन दिन में 'मामले' कुछ ज़्यादा नहीं बढ़ गए क्या। ओह मैं तो गिनते-गिनते थक गई। अरे एक और वहाँ, ओह यहाँ भी, अरे इसके साथ तो घर पर ही। अरे इसने तो साड़ी पहन रखी थी फिर भी। अरे यह तो दुधमुँही बच्ची है...'' सिसकने लगती है।

(धीरे-धीरे कई लड़कियाँ उसके पीछे इकट्ठा होती जा रही हैं। सभी के कपड़े फटे हुए हैं।)

पहली—आओ-आओ। हम नीचे न मिल सके तो क्या। यहाँ अब हमारा ही राज है। आओ तुम भी आओ। कोई परेशानी की बात नहीं। जब पुलिस थानों में, अदालतों में इतने मामले हो सकते हैं तो क्या पेड़ पर नहीं हो सकते। मैं इस पेड़ पर रहती हूँ और तुम सबका स्वागत करती हूँ।

(तभी एक लड़की नीचे बैठने लगती है। उसकी हालत दूसरी लड़कियों से ज़्यादा खराब है। वह बहुत घिसट-घिसट कर चल रही है।) ''अरे नहीं-नहीं इस बैंच पर बैठो। ज़मीन पर क्यों बैठती हो। अब तो ज़मीन पर बैठना छोड़ो। रानी हो तुम यहाँ की नौकरानी नहीं। यहाँ हम सब बराबर हैं। सब एक ही जैसी कोख से आईं हैं। एक ही जैसी पली-बढ़ी हैं और नियति ने हमारा अंत भी एक ही जैसा किया है। (अपने हाथ-पैर के घाव दिखाती है।) हम सब आत्माएँ हैं। छलनी आत्माएँ। हम सब के शरीर ही नहीं मन भी फटे हुए हैं। हम सब शारीरिक सुख के उस चरम सुख के बजाय चरम वेदना से

गुज़र कर यहाँ पहुँची हैं।''

लड़की 2—पिछले दिनों से काफ़ी सुन रहे हैं तुम्हारे बारे में। क्या पता था कि तुमसे इतनी जल्दी मिलना हो जाएगा। 16 दिसंबर की उस सर्द रात में जब तुम अकेली लड़ रही थीं तो मैं अंदाज़ा लगा सकती थी तुम पर क्या बीत रही होगी। मुझे तब ही लग गया था, तुम तो बड़ा 'मामला' बनोगी। और देखो मेरी कही बात सच हो गई। क्या प्रधानमंत्री और क्या मुख्यमंत्री, क्या नेता, क्या अभिनेता। हर कोई तुम्हारे कदमों में था।

लड़की 3—फिर हमने देखा, उस सर्द मौसम में दिल्ली कैसे नारों से गरमा गई, लोगों के तेवर बदलने लगे। मुझे तो लगा था कि अब ज़रूर कुछ हो कर रहेगा। अब हमारी गिनती नहीं बढ़ेगी लेकिन...अफ़सोस।

लड़की 4—अरे दीदी, यही सोच कर तो मैं उस घटना के बाद अकेली ट्यूशन पढ़ाकर लौटने की हिम्मत कर पाई थी। पर मुझे नहीं पता था कि आंदोलनों से आतंक कम नहीं हुआ करते। (ज़ोर से हँसती है।) मैंने तो फिर भी लड़ने की ठानी पर ये देखो (अपनी गरदन दिखाती है, गरदन पर धारदार हथियार का वार है।) दो बार फरसा मारा कि खल्लास।

लड़की 1—(नई लड़की से) अरे अभी भी रो रही हो, क्यों ?

लड़की 3—(थोड़े से गुस्से से) तुम तो हीरोइन बन गई हो। जानती हो ना। फिर क्यों रो रही हो। जो तुम्हारे साथ हुआ वही हमारे साथ हुआ। पर तुम पर सारा देश रो रहा है। और हम, हम वैसी ही हैं, मृत पीड़िताएँ, नए मामले, किसी आपराधिक टीवी सीरियल की नई कहानियाँ। रोना तो मुझे चाहिए। मेरे तो मामा के लड़के ने ही...जानती हो बचपन से राखी बाँधती थी मैं उसे। लेकिन एक रात माँ मुझे उसी के भरोसे छोड़ कर शादी में चली गई। वह तो यह सोच कर गई कि भाई के साथ रहेगी तो सुरक्षित रहेगी। हाँ मैं सच में सुरक्षित रही। वह और मैं। उसने बहन होने पर बस इतनी दया दिखाई कि अपने दोस्तों को नहीं लाया। मुझ पर क्या यही एहसान कम था कि उसने अकेले मुझे ज़मीन पर घसीटा और अकेले ही मार दिया। माँ को क्या पता था कि जब वह शादी से लौटेगी तो एक अर्थी उसके लिए तैयार होगी।

एक और लड़की—कमाल करती हो तुम। इस बेचारी को क्यों डाँट रही हो। कम-से-कम रो तो लेने दो। यह सारे प्रदर्शन, आंदोलन अगर इसके

नाम पर हो रहे हैं तो इसमें इसकी क्या गलती है। हम यदि सिर्फ़ पुलिस के रोज़नामचे में संख्या बन कर रह गए हैं तो इसमें इसका क्या दोष?

लड़की 1—मैं इसे रोने से मना कर रही हूँ, क्योंकि रोना किसी समस्या का हल नहीं है। और अब तो समस्या ही कहाँ रही है। ठीक है तुम रो लो। जितनी इच्छा हो उतना रो लो। मैं यहाँ भाषण देना नहीं चाहती। वैसे भी मेरा भाषण सुनेगा कौन? तुम या ये गिनी-चुनी आत्माएँ। जो खुद शरीर त्याग कर भी शरीर और उसी दुनिया की बात में अटकी हुई हो। आत्मा बन जाने के बाद भी तुम्हें पता नहीं है कि आत्मा को कोई जला नहीं सकता, नष्ट नहीं कर सकता और हाँ भिगो भी नहीं सकता। तुम्हारे यह आँसू भी नहीं। (कटाक्ष से कहती है)

लड़की 4—(बहुत सर्द लहज़े में) तो तुम क्या चाहती हो। हमारी आत्माएँ भी घायल हैं, हमारे शरीर की तरह। तुम देख रही हो। तुम तो हमसे भी ज्यादा आहत हुई थीं। तुम्हें तो दर्द भी हमसे ज्यादा हुआ होगा। मेरा तो किस्सा कुल आधे घंटे में खत्म हो गया। ठाकुर अपने चार आदमियों को लेकर घर में घुसा और अपना काम होने के बाद तुरंत ही गला दबा दिया। मेरे पेट में 6 हफ़्तों का एक जीव पल रहा था। हम माँ-बच्चा सहमते-समझते उससे पहले ही सब खत्म हो गया। कल तो मेरी तेरहवीं भी हो गई। परसों शायद बगल के गाँववाले परमू दाजी अपनी पोती का मेरे पति के लिए रिश्ता भी ले आएँगे। मेरी नानी कहती थी, 'आज मरो कल दूसरा दिन।' वाकई अब समझ आया दूसरा दिन इसे ही कहते हैं। कहीं अगर जी जाती तो ससुरालवाले मुँह दिखाने के काबिल नहीं रहते। मुँह काला कर मुए ठाकुर ने मार कर अच्छा ही किया। वरना मुझे खुद कुएँ की राह लेनी पड़ती। कल तक मेरा अच्छा खासा परिवार था और आज मैं 'बेचारी अच्छा हुआ मर गई' के वाक्य के साथ याद की जाती हूँ।

सब लड़कियाँ स्टेज पर आगे आती हैं। हाथ पकड़ती हैं और एक साथ कहती हैं, ''हम औरतें नहीं, बस योनि हैं। हम औरतें नहीं कामवासना को तृप्त करने का साधन मात्र हैं। हम बाज़ार में खड़ी हैं तो भी बदनाम और बाज़ार में घसीट दी जाएँ तो भी। बदनामी शायद हमारी नियति है सो औरतों का चोला छोड़ कर हम आत्माएँ हैं। पवित्र आत्माएँ। हमें न कोई काट सकता है

न जला सकता है। और हाँ अब हमारा बलात्कार भी नहीं हो सकता। इसलिए ओ पुरुषों तुम आगे बढ़ो, उन औरतों की तरफ़ जो अभी भी स्त्री के चोले में जीने के लिए अभिशप्त हैं। हम आगे बढ़ेंगी तुम्हें रोकने के लिए...तुम्हें बताने के लिए कि औरतें कभी कमज़ोर नहीं होतीं।''

दृश्य-2

दो सभ्य सुसंस्कृत महिलाएँ फ़ोन पर बात कर रही हैं—

पहली—कल तो तुम पूरा दिन छाई रहीं भई। बधाई हो।

दूसरी—अरे कहाँ। बस *हिन्दू* में फ्रंट पेज पर फ़ोटो था और तीन चैनल के डिस्कशन में थी बस और क्या। कल नलिनी को नहीं देखा क्या। पूरा दिन टीवी चैनल की बहस में रही और अब सुना है प्रेसिडेंट को ज्ञापन देने वाले दल में भी जुगाड़ कर लिया है। परसों मिलने जा रही है कुमुद एंड पार्टी। नलिनी भी उस ग्रुप में है।

पहली—हाँ भई जिसके पास समय हो वह करे। हमें तो बच्चे भी देखने पड़ते हैं और पति भी। ऐसे चैनल-चैनल फिरने के लिए हमारे पास वक्त कहाँ। घर देखते हुए तो बस यही हो सकता है कि हम ऐसी किसी एकाध मीटिंग को अटैंड कर लें।

दूसरी—मैंने सुना है कि तुम लोगों का ग्रुप उस लड़की के यहाँ जाने वाला है उसके माँ-बाप से मिलने।

पहली—हाँ सोचा तो था। पर मेरा ड्राइवर असल में उसी इलाके में रहता है। उसी ने बताया कि बड़ी गंदी और बदबूदार नालियाँ हैं वहाँ पर। घर भी बहुत संकरी गली में है। पैदल जाना पड़ेगा, गाड़ी नहीं जाएगी। तुम्हें तो पता है सर्दियों में मैं सिर्फ़ सिल्क पहनती हूँ और एक सिल्क की साड़ी ड्रायक्लीन कराना कितना महँगा पड़ता है। तो हम लोगों ने डिसाइड किया है कि उसकी माँ को ही हम अपने एन्युअल फ़ंक्शन में बुला लेंगे।

दूसरी—कुछ पैसे-वैसे भी दोगे क्या?

पहली—अरे नहीं। पैसे क्या पेड़ पर उगते हैं। वैसे ही लड़की के नाम पर सरकार ने उन लोगों को बहुत कुछ दे दिया है। इलाज में एक धेला खर्च नहीं हुआ। पूरा खर्च सरकार ने उठाया। ऊपर से मुआवज़ा भी अच्छ मिल रहा है। शायद कोई इंस्टीट्यूट उसके छोटे भाई का पढ़ाई का खर्च भी उठा

रहा है। और क्या चाहिए।

दूसरी—हाँ यह तो ठीक है। तो जब तुम अपने कार्यक्रम में उसे बुलाओ तो हमें भी बता देना। मैं मिसेज़ भाटिया और मिसेज़ बत्रा को लेकर वहीं आ जाऊँगी। हम भी हमारी संस्था की तरफ़ से एक मोमेंटो दे देंगे और फ़ोटो खिंचवा लेंगे। एन्युअल सोवेनियर में लगाने के काम में आ जाएगा। वैसे ज़रा अपने ड्राइवर से पूछना तो लड़की केरेक्टर में कैसी थी। मतलब चाल-चलन सही था उसका।

पहली—अरे अब इस पर क्या बात करें। कोई उस लड़की की माँ से ही पूछे रात नौ बजे क्या कर रही थी? सुनसान बस स्टैंड पर। वह भी कोई फ़िल्म देखने का वक्त है। साथ में लड़का। लड़का यानी बॉयफ्रेंड। मेरे हसबैंड के दोस्त हैं देसवाल साहब। इस केस की तफ़्तीश कर रहे हैं। वही बता रहे थे कि लड़का-लड़की पीछे की सीट पर बैठ कर एक-दूसरे के साथ...अब तुम्हें मालूम तो है। ऐसा कुछ देख कर आखिर किसकी भावनाएँ नहीं भड़केंगी। हा-हा-हा। मैं तो कल टीवी पर बहस कर इतनी थक गई थी कि सीधे क्लब गई। दो पैग वोदका के लिए तो दिमाग ठिकाने पर आया। लौटते-लौटते रात एक बज गया था। और कहो आज का क्या प्रोग्राम?

दूसरी—कुछ खास नहीं। बस इसी लड़की के नाम पर हम एक साइलेंट जुलूस निकालने की सोच रहे हैं। बहुत दिनों से हमने कुछ किया भी नहीं था। अच्छा हॉट टॉपिक है तो सोचा कि इसी बहाने वीमेन कमीशन की अध्यक्ष को भी घेर लें। बहुत बनती है। अब आया ऊँट पहाड़ के नीचे। मैंने न्यूज़ चैनल के मिस्टर शर्मा से बात भी कर ली है। जब हम 'हाय-हाय' के नारे लगाएँगे तो वह कवर कर प्राइम टाइम पर चला भी देंगे। अभी तो उस लड़की के नाम पर जो करना है कर लो। फिर तो प्राइम टाइम पर हमारा आना बहुत ही मुश्किल होगा। वैसे टीवी पर तो तुम उस लड़की का बड़ा पक्ष ले रही थीं।

दूसरी—अब पक्ष तो लेना ही पड़ता है ना। वैसे ये स्लम में रहने वाली एक जैसी होती हैं। तुम्हारा वीमेन कमीशन की प्रेसिडेंट से कुछ गड़बड़ है क्या?

पहली—तुम भूल गई क्या वो बवाना वाला केस। हम वहाँ फ़ैक्ट फ़ाइंडिंग कमेटी में थे। मगर जब स्त्री शक्ति के पुरस्कार की बात आई तो इसने मेरे बजाय वह कुमुद मलिक का नाम बढ़ा दिया। जबकि अभी जुम्मा-जुम्मा दो

साल हुए हैं उसे एनजीओ चलाते हुए। खैर छोड़ो इस बार तो वह पुरस्कार मुझे लेना ही है। मैं सोच ही रही थी कि देखो यह मामला हो गया। अब इसी बहाने थोड़ा नाम रिवाइव हो जाना है। सच में भगवान के यहाँ देर है अंधेर नहीं। चलो मैं फ़ोन रखती हूँ। मैं भी वहीं पहुँचती हूँ। वैसे भी एसडीटीवी बहुत देखा जाता है।

दूसरी—पर तेरा बेटा। उसका तो स्कूल से आने का वक्त होगा ना।

पहली—कोई बात नहीं एक दिन और आया सँभाल लेगी। मैं वहीं मिलती हूँ तुझे।

दृश्य-3

सड़कों पर भीड़ है। लोग खंबों पर चढ़े हुए हैं। पुलिस आँसू गैस के गोले छोड़ रही है। लोगों को तितर-बितर करने के लिए आँसू गैस के गोले छोड़े जा रहे हैं। मुर्दाबाद-ज़िंदाबाद जैसे नारे लग रहे हैं। हज़ारों की संख्या में लोगों ने इंडिया गेट को घेर लिया है। राष्ट्रपति भवन के आगे प्रदर्शनकारियों की भीड़ जमा है। टीवी चैनल के रिपोर्टर चीख-चीख कर हालात बयां कर रहे हैं। तरह-तरह के रंग-बिरंगे झंडे लहरा रहे हैं। थोड़ी दूरी पर कॉलेज के लड़के-लड़कियाँ झांझ बजा कर नुक्कड़ नाटक कर रहे हैं। टीवी रिपोर्टर बता रहा है कि गैंग रेप पीड़िता के दोषियों की गिरफ़्तारी के लिए यह इतना बड़ा जनांदोलन खड़ा हो गया है। सभी वर्ग एकजुट होकर सड़कों पर उतर आये हैं। दो लड़के आपस में बात कर रहे हैं—

पहला—केतन मोहन सर ने देखा था ना तुझको।

दूसरा—हाँ-हाँ बिलकुल। मैं जानबूझकर दो बार उनके सामने से गुज़रा।

पहला—हाँ ये सही किया। ऐसे प्रदर्शनों में सर का पर्सनल इंट्रेस्ट होता है। एक्चुअली अपनी यूनिवर्सिटी से यदि कोई न जाए तो खबर बनती है। अपनी तो यूनिवर्सिटी की यूएसपी ही यही है। मैं तो केतन सर के लिए ही आया था। इस बार उनके पास दो पेपर हैं। इस तरह के प्रदर्शन में एकाध बार ज़ोर-शोर से नारे लगा दो तो सर का उस स्टूडेंट के प्रति सॉफ़्ट कॉर्नर हो जाता है।

दूसरा—अच्छा यह तो मुझे पता ही नहीं था। यार जंतर-मंतर पर भी कुछ लड़कियाँ बैठी हैं धरने पर, वहाँ भी चलेंगे क्या?

पहला—अबे पागल है क्या। फ़्रॉड हैं सब की सब।

दूसरा—तुझे कैसे पता ?

पहला—पता रखना पड़ता है बे। तू नहीं समझेगा। अभी दिल्ली में भी नया है और इस प्रदर्शन के धंधे में भी। अपन स्टूडेंट यूनियन के साथ हैं। उन लड़कियों को वो साले हिन्दी मीडियम के लोग सपोर्ट कर रहे हैं। वो भारतीय छात्र संगठन वाले। अपनी उन लोगों से बनती नहीं है।

दूसरा—अपनी बनने न बनने से क्या फ़र्क पड़ता है। बात लड़कियों की है। विचारधारा से क्या होता है। अन्याय तो उनके साथ भी हुआ है।

पहला—अबे तू पगला गया है क्या बिलकुल। तेरे को मालूम है वहाँ जाने से क्या बवाल हो जाएगा। पूरा मीडिया पीछे पड़ जाएगा हमारे। अबे मैं खांटी हूँ। मिलावटी नहीं। विचारधारा में दो बाप की औलाद को एंट्री है बे पर दो विचारधारा के घालमेल वाले को नहीं। समझा। बात करता है। बात में बहुत आंतरिक गड्ढा है। तू नहीं समझेगा।

दृश्य-4

मुख्य लड़की—हाय बहनों। क्या हाल हैं। ऐसे क्यों बैठी हो मुँह लटका कर। जो होना था सो हो चुका। अब तो तुम आज़ाद हो...आज़ाद।

गीत गुनगुनाती है—

मैं एक लड़की

मुझे देख भावनाएँ हैं भड़की

मस्ती का मैं साधन

चाहे जितनी भी हो कड़की

मैं एक लड़की

जहाँ से गुज़रूँ साँसें धड़कीं

मेरा तन-मन

सबके लिए है

बांका जवान हो या हो बुड्ढा ठरकी

मैं एक लड़की

(सारी लड़कियाँ गाने लगती हैं।)

दूसरी तान मिलाती है—

मैं एक लड़की

एकदम डाल टपकी
सोचो न कुछ भी
तुम्हारे लिए ही रास्ता हूँ भटकी
मैं एक लड़की
ला-ला-ला-ला।

सब लड़कियाँ हँसती हैं।

मुख्य लड़की—चलो तुम लोग हँसीं तो। तुकबंदी के बहाने ही सही। वैसे बताओ इतनी उदास क्यों हो ?

साथी—आप सुन नहीं रही हो क्या कुछ भी। देख रही हो हमारे पीछे से कैसी-कैसी बातें हो रही हैं। और तो और ये बातें वो लोग कर रहे हैं जो हमारे पक्ष में यह आंदोलन करने आए हैं। हमारे पक्ष में बहस कर रहे हैं, टीवी पर दिखाए जा रहे हैं।

मुख्य लड़की—अरे तो बेचारे इतनी बहस नहीं करेंगे तो समाजसेवा के लिए मिलने वाले इन ढेरों पुरस्कारों, सम्मानों का क्या होगा ?

साथिन—पर मैं कुछ करना चाहती हूँ।

साथिन-2—क्या करना चाहती हूँ। ज़रा मैं भी तो सुनूँ। मतलब हम सभी सुनें क्या है तुम्हारे मन में।

साथिन—तो आओ यहाँ सब मेरे करीब। मैं तुम्हें बताती हूँ क्या करना है। (मुख्य लड़की को देखते हुए) दीदी हम आत्माएँ हैं ना।

मुख्य लड़की—हाँ हैं तो ?

साथिन—तो हम अब कुछ भी कर सकती हैं ना। यानी कोई-सा भी रूप धर सकती हैं ना।

मुख्य लड़की—हाँ हो तो सकता है। हम जब तक शरीर में रहती हैं तब तक बस शरीर का एक हिस्सा ही होती हैं। एक खास हिस्सा। लेकिन जब हम आत्मा बन जाती हैं तो पूरे वजूद की ताकत हमारी ताकत हो जाती है।

साथिन—तो फिर आओ मैं एक खेल बताती हूँ।

सभी एक साथ बोलती हैं, ''बताओ-बताओ'' (इकट्ठी होकर गोल घेरा बना लेती हैं।)

साथिन 3—वाह मज़ा आ जाएगा अगर सच में ऐसा हो जाए तो।

साथिन 4—होगा क्यों नहीं। हम कर रही हैं तो ज़रूर होगा।

साथिन 5—तो चलो। तैयार हो जाओ। (लड़कियाँ नाटकीय अंदाज़ में कहती हैं) हमला (पीछे तुरही बजती है।)

दृश्य-5

टीवी पर बहस चल रही है। एक पुलिसवाला कह रहा है कि लड़कियों को सलीके से कपड़े पहनने चाहिए। यदि लड़कियाँ तमीज़ से रहेंगी तो कोई परेशानी ही नहीं होगी। ''आप देख रही हैं कि कितनी बदतमीज़ी से बोल रहा है यह पुलिस वाला। समझता क्या है आखिर अपने आप को। मैं...मुझे देखो। साड़ी पहने थी मैं उस दिन। सर से पैर तक ढकी हुई थी। क्या...कहना क्या चाहते हैं ये लोग आखिर।''

साथिन—अरे चिल कर यार। मैं तो पब जाती थी इसलिए मेरे ऊपर इतने सारे इल्ज़ाम हैं। उस बच्ची को देख वो तो स्कूल में थी। तू भंकस क्यों मारती है रे। यार ये साला आत्मा-वात्मा का चक्कर मेरे को समझ नहीं आ रहा है। साला जब से आत्मा बने हैं तब से हर आदमी नंगा ही नज़र आ रहा है। साला सुट्टा मारने का भी मन नहीं होता। ये आत्मा लोग खाते-पीते नहीं हैं क्या रे।

साथिन-2—खाते हैं श्राद्ध के दिनों में। तेरे घरवाले खीर-पूरी बनाएँगे और किसी पंडित को खिलाएँगे। ऐसा समझेंगे कि इससे तुझे खाने को मिल गया।

साथिन—ओए साला गज़ब का कनेक्शन है ये तो। पंडित खाएगा और मुझे मिलेगा। तो मेरे बापू को बोलूँ क्या पंडित को मस्त एक वोदका का पैग पिलाने को। भई अपन को तो उसी से तृप्ति मिल सकती है।

मुख्य लड़की—अरे-अरे आत्मा बनने के बाद भी तुममें अभी संसार की लालसा बाकी है बालिके।

(सब हँसती हैं।) अच्छ क्या प्लान था ज़रा पता तो लगे।

दृश्य-6

(लड़कियाँ पैबंद लगी चादर ओढ़े स्टेज पर हैं। हाथ में मास्क पकड़ रखा है जिससे चेहरा ढका हुआ है।)

सब एक साथ बोलती हैं—आत्मा मर नहीं सकती। इसे जल भिगो नहीं सकता, हवा सुखा नहीं सकती, इसलिए इसे ब्यूटी पार्लर जाने की भी ज़रूरत

नहीं है। आत्मा अपने आप सुंदर होने में सक्षम है। (हँसती हैं और मास्क और पैबंद लगी चादर फेंक देती हैं। अब सारी लड़कियाँ सामान्य लड़कियों की तरह सुंदर हैं। सजी हुई। उनके कपड़े भी साफ़ और अच्छे हैं।)

साथिन—अब हम करने क्या वाली हैं

साथिन-2—वही जो इसने बताया है।

(दो लड़के वहाँ से गुज़रते हैं। एक छेड़ने के अंदाज वाली सीटी बजाता है।)

एक लड़की आहें भर कर कहती है, ''हाय हैंडमस।''

लड़का ठिठकता है पर आगे बढ़ जाता है। लड़कियाँ आगे चलती जाती हैं। सब अलग-अलग हो जाती हैं। अब हर लड़की के पास एक लड़का है। कोई कॉलेज में है, कोई चौराहे पर, कोई सुनसान रास्ते पर। एक लड़का लड़की के जैसे ही पास जाता है, लड़की अपनी उँगली ऊपर उठाती है, लड़का ऊपर उठ जाता है। लड़की ज़ोर-ज़ोर से हँसती है और लड़का घबरा जाता है, कुछ नहीं समझ पाता।

दूसरी लड़की मिनी ड्रेस पहने हुए है। लड़का उसे छूने की कोशिश करता है, अचानक उसे ज़ोर से करंट लगता है और वह ज़मीन पर गिर जाता है। तीसरी लड़की कटीली कमर दिखाती हुई साड़ी में है। लड़का उसका हाथ पकड़ता है और वह शॉल साइड में फेंकती है। उसका हाथ रोबोट के हाथ की तरह है और एक हथकड़ी उसके हाथ में लग जाती है। सारी लड़कियाँ लड़कों को हवा में उड़ाती हुई एक जगह लाती हैं और उन्हें कभी ज़मीन पर गिरा कर, कभी गुलाटी लगवा कर, कभी करंट लगा कर खूब परेशान करती हैं और हँसती हैं।

दृश्य-7

पत्थर पर बैठी बाकी लड़कियाँ उत्सुकता से उस ओर बढ़ती हैं, जहाँ से बाकी लड़कियाँ आ रही हैं।

साथिन—खूब मज़ा आया ना, हम यहीं से देख रही थीं।

साथिन-2—लाइव टेलीकास्ट था क्या?

साथिन—यही समझ लो। जब तुम लड़कों को बाउंसर बना कर हुक कर रही थीं तो सच में बड़ा मज़ा आ रहा था।

साथिन-2—ये साला आत्मा बनकर अभी तक मेरे को भोत परेशानी हो रहा था, पण अभी लगता है ये आत्मा होना हीच ठीक है रे भैया। छोकरा लोग तो भोत डरपोक होते रे। ये बात मेरे को तब मालूम पड़ती ना तो मैं साला लोग की वाट लगा देती।

साथिन—पर तब तुम्हारे पास यह करंट कहाँ था

साथिन-2—हो था ना। था मेरे पास करंट। ये करंट जो मैं अभी छोकरा लोगों को लगाया ये तो आत्मा का करंट है ना। तू मानती है ना।

साथिन—हाँ मानती हूँ। यह करंट आत्मा का ही करंट है।

साथिन-2—तो ये आत्मा जाकर मैं वेस्टसाइड या जूहू चौपाटी से थोड़ी खरीदा। ये तो मेरे अंदर का ही है ना। तू ही बोली थी ना हमारा शरीर का वाट लग जाता लेकिन ये आत्मा बाहर निकल कर मस्त घूम सकती। तो ये करंट तो मेरे पास तब भी था। पण मैंने कभी ढूँढा नहीं। हमेशा सोचा कि मैं तो लड़की है, मेरे को लड़की के माफ़िक रेने का। राड़ा नहीं करने का। किसी को कुछ बोलने का नहीं है। अच्छा लड़की ऐसा नहीं करता, वैसा नहीं करता। अगर ये करंट मैंने पहले ढूँढा होता ना रे तो सच कहती हूँ, साला वो लंपट छोकरा लोगों का रापचिक बजाया होता मैं।

साथिन—ओए मोरारी बापू की चेली। ये आस्था चैनल क्यों खोल दिया रे तूने। मैं न ये सब सुन-सुन कर ही कुएँ में कूदी थी। एक तो बलात्कार पीड़िता की घंटी चौबीस घंटे मेरे कानों में गूँजती थी, दूसरा माँ-पिता जी की ये आस्था चैनल की बातें कि लड़कियों को लड़की की तरह रहना चाहिए। यदि मैं कॉलेज के लड़कों से पंगा नहीं करती तो वो मेरे साथ ऐसा नहीं करते। मैंने लड़की होने की मर्यादा नहीं निभाई। उफ़्फ़, एकदम मनमोहन देसाई की फ़िल्म की तरह सीन लिखते थे मेरे माँ-बाप। अब शादी कहाँ होगी। क्यों मैं लड़कों से, समाज से न्याय माँगना चाहती हूँ। यदि सलीम-जावेद सुन लेते ना तो पक्का एक और फ़िल्म फ़ेयर अवार्ड के डायलॉग उन्हें मेरे घर से मिल जाते। बस इसी आस्था चैनल से तंग आकर मैंने सोचा कि चलो यार अगले जन्म में ही कुछ करूँगी।

साथिन-2—और मैं तो आस्था चैनल के चक्कर में ही फँस गई। मेरा घरवाला श्रद्धाराम का सबसे बड़ा भक्त। बच्चा नहीं हो रहा था तो मुझे उसके

पास ले गया आशीर्वाद दिलाने के लिए। आशीर्वाद के नाम पर उसने मेरे साथ जो किया, वह तो खैर अखबारों के लिए रोज़ का मसाला बना। खैर छोड़ो अब हम शरीर की बात क्यों करें।

आखिरी दृश्य

(एक लड़की अच्छे कपड़े पहनकर धीरे-धीरे वहाँ पहुँचती है, जहाँ सारी लड़कियाँ बैठी हुई हैं। उसके कपड़े फटे हुए नहीं हैं। बस गरदन में एक रस्सी बँधी हुई है।)

साथिन—अरे देखो ये कौन आ रहा है?

साथिन-2—यह तो हमारी तरह ही लग रही है।

साथिन—हमारी तरह तो नहीं है। कहीं से भी लुटी-पिटी नहीं है।

(सब लड़कियाँ इकट्ठी होती हैं।)

मुख्य लड़की—अब भी यह सिलसिला जारी है। मुझे तो लगता था अब सब कुछ बंद हो गया होगा। मेरे बाद तो स्मॉर्ट फ़ोन आ गए। कई एप्लीकेशन बने। कई हैल्पलाइन बनीं। फिर भी...फिर भी तुम्हारे साथ ऐसा हुआ। लड़कियाँ कोई ऐप लेती नहीं क्या।

सभी लड़कियाँ उस नई लड़की को घेर कर बैठ जाती हैं। मुख्य लड़की कहती है—मेरे 'मामले' के बाद इतनी सुविधाएँ आईं तुमने वह क्यों नहीं लीं। सैंडिल की हील में अलार्म, हैल्पलाइन नंबर, कलाई में खतरे से आगाह करने वाली घड़ी। तुमने कुछ नहीं लिया।

नई आई लड़की गौर से सबको देखती है। फिर कहती है, ''मेरी जींस के बटन को छुओ।''

एक लड़की आगे बढ़कर जींस का बटन खोलने की कोशिश करती है। अचानक अलार्म बज उठता है। वह खड़ी होकर सैंडिल को तीन बार ज़मीन पर ठोकती है। सायरन की आवाज़ आती है। अपना पर्स खोलती है, पिपर स्प्रे निकालती है। मोबाइल निकालती है और तमाम हैल्पलाइन के नंबर बताती है, कलाई पर बँधी घड़ी को दो बार दबाने से बीप बजने लगती है।

साथिन—इतना सब था फिर भी। पर कैसे

लड़की खुद अपनी जींस उतारती है, खूँटी पर टाँग देती है। टॉप उतारती है, टाँग देती है। लापरवाही से पर्स एक तरफ़ फेंक देती है, मोबाइल पर्स में

रख देती है। सैंडिल को लापरवाही से उतारती है और कोने में फेंक देती है। कान के झुमके, घड़ी सब उतार कर एक तरफ़ रख देती है। शून्य में देखते हुए कहती है—मैं एक लड़के से प्यार भरी बातें करती थी। हर दिन। प्यार करती थी हर दिन। प्यार में घड़ी, मोबाइल, हैल्पलाइन का क्या काम। एक दिन प्यार में ही मैंने पूछा—शादी कब करोगे।

लड़का—ये तुम लड़कियाँ भी ना। प्रेम करती नहीं हो शादी को बीच में ले आती हो।

लड़की—पर पापा मेरी शादी कहीं और तय कर रहे हैं।

लड़का—तो कर लो। इसमें परेशानी की क्या बात है?

लड़की—मतलब?

लड़का—मतलब, यही कि तुम्हें अपने पापा की बात माननी चाहिए। अच्छी लड़कियाँ यही करती हैं।

लड़की—तुम कहना क्या चाहते हो। मैं तुमसे प्यार करती हूँ। किसी और से कैसे शादी कर लूँ?

लड़का—प्यार ही तो करते हैं। ऐसा किसने कहा कि जिससे प्यार करो शादी भी उसी से करो।

लड़की—धोखेबाज़, कमीने। मैं तुम्हारे बॉस को बताऊँगी, दोस्तों को बताऊँगी, तुम्हारे घर पर बताऊँगी, तुम कितने बड़े धोखेबाज़ हो।

लड़का—ज़िंदा रहोगी तो बताओगी ना।

लड़का लड़की को मारता है, गले में रस्सी से फ़ंदा लगा देता है।

मेरा शरीर उसे इतना चाहता था कि एक रेशा भी बीच में बर्दाश्त नहीं था, तो यह सुरक्षा चक्र कैसे बर्दाश्त करता। जब मैं तुम लोगों की तरह बन गई तो मैंने चीख-चीख कर पूछना चाहा, किसी माता-पिता के पास वह सॉफ़्टवेयर नहीं है क्या कि वे अपने बेटे में वह प्रोग्रामिंग कर सकें कि लड़की को इज़्ज़त की नज़र से देखो। कोई परिवार लड़कों के दिमाग में वह चिप नहीं लगा पाया है, जिसमें लड़की के प्रति विद्रोह और बदले स्नेह उपजे। मेरे पास सुरक्षा के उपाय थे, बस नहीं था तो विश्वास पता करने का कोई एप्लीकेशन। वह तो अभी तक बना ही नहीं है ना।

हर शाख को हरियाली का हक है

अपने पुराने मोहल्ले के मुकाबले मुझे यह नई रिहाइश ज्यादा अच्छी लगती है। कुल एक सौ दस फ़्लैट हैं लेकिन दस लोगों से भी पहचान नहीं। गेट से दाएँ हाथ पर मुड़ो, बगीचे को पार करते हुए लिफ़्ट और ग्यारहवीं मंज़िल का बटन दबाते ही जैसे अपनी दुनिया में। चार-चार के सेट में बने फ़्लैट में मेरे ठीक बगल में कौन रहता है मुझे पता नहीं। सामने कौन रहता है कभी देखा नहीं। यूँ कई परिवारों में दोस्ती है। होली-दिवाली और न्यू ईयर की पार्टी में नीचे पूल साइड में डिनर होता है। सभी के लिए। सोसायटी मैंटेनेंस से ही पैसा काट लिया जाता है। कोई जाए या न जाए पैसा तो कटेगा ही। वहाँ के लोगों को भी इससे कोई फ़र्क नहीं पड़ता कि कोई आए या न आए। बस एक नोटिस नीचे बोर्ड पर चस्पा कर दिया जाता है। फलां दिन इतने बजे सभी के लिए डिनर है। हो सकता है कि आरडब्लूए के जिस भी अध्यक्ष ने ऐसा कार्यक्रम शुरू किया होगा, ज़ाहिर-सी बात है कि उसकी मंशा लोगों के बीच मेलजोल को बढ़ावा देना ही रही हो। लेकिन एक बार जब मैं सोसायटी के कार्यक्रम में नीचे उतरी तो देखा, कुछ लोग प्लेटें भर-भर कर अपने घर ले जा रहे हैं। हवा में उछलते सफ़ाई देते से वाक्य मैंने सुने, ''गर्मी बहुत है तो ऊपर ही खाएँगे।'' नए साल पर गर्मी की जगह सर्दी ने ले ली थी। मार्च की खुनक भरी धूप इतनी भी तेज़ नहीं थी कि दस मिनट रुक कर खाना खाया जा सके। मुझे तो जैसे मन माँगी मुराद मिल गई। मैंने तुरंत प्लेट में खाना परोसा और फिर ग्याहरवीं मंज़िल की अपनी दुनिया में समा गई। यह तो अच्छा तरीका है, नीचे जाओ खाना लो और फिर अपनी दुनिया में गुम हो जाओ।

पाँच बरस से मैं सिर्फ़ मैंटेनेंस ऑफ़िस के लड़के को पहचानती हूँ, अपनी मेड को पहचानती हूँ और गेट पर खड़े उस लड़के को पहचानती हूँ जो कभी-कभार मुझे देखकर मुस्करा देता है। पाँच साल से हम सब एक ही ढर्रे पर हैं। कोई कहीं नहीं गया। मेड कभी-कभी बोलती है, ''वो सात सौ पाँच नंबर वाली भाभी की सास मुझे बहुत टोका-टोकी करती है'', ''ग्यारह सौ दो वाले अंकल जी अस्पताल में भर्ती हैं। दोनों बेटे अमेरिका में हैं। बेचारी आंटी अकेली हैं। रात को तो गेट पर फ़ोन कर एंबुलेंस मँगवाई। आपकी नींद नहीं खुली।'' मैं हूँ हाँ करती हूँ। ग्यारह सौ दो यानी मेरी ही मंज़िल। तो क्या मैं सच में इतनी कट गई हूँ ज़िन्दगी से कि मेरी मंज़िल पर भी कुछ घट जाए तो मुझे पता नहीं चलता। एसी की ठंडक बाहर न जाए इसलिए कमरे बंद होते हैं। इन बंद कमरों के बीच शायद भावनाएँ भी बंद हो कर बाहर नहीं जाना चाहतीं। मैं लिफ़्ट में भी ऐसी घबराई हुई घुसती हूँ जैसे अभी अपराध करके इस बिल्डिंग में दाखिला लिया है। लिफ़्ट का इंतज़ार, ग्यारहवीं मंज़िल तक पहुँचने में लगने वाला वक्त, सब मुझे यातना की तरह लगता है। लिफ़्ट जब तक ऊपर न पहुँच जाए, मैं ताला खोल कर खुद को कल सुबह दफ़्तर जाने तक बंद न कर लूँ तब तक मेरा सिर शुतुरमुर्ग की तरह ज़मीन में घुस जाने को तैयार रहता है। कभी-कभी मैं खुद से पूछती हूँ, क्या मैं शुरू से ही ऐसी थी, क्या मैं अब भी ऐसा ही होना चाहती हूँ। पर मुझे कोई उत्तर नहीं मिलता।

ऐसा नहीं है कि इन सालों में किसी ने मेरी तरफ़ मुस्कराकर नहीं देखा, ऐसा नहीं है कि इन पाँच सालों में अब भी मुझे चेहरे अजनबी से लगते हैं। बहुत से चेहरे जाने-पहचाने हैं। कई चेहरों को लगातार देख रही हूँ। कई चेहरे ऐसे हैं, जिनका समय मेरे समय से इतना मेल खाता है कि लगता है कि हम एक ही मंज़िल के राही हैं। मेरे दफ़्तर जाने और लौटने का समय तय है। पहले खराब लगता था कि लोग कितने गर्व से कहते हैं, ''हमारे जाने का समय तो है आने का नहीं है।'' लेकिन अब जब मैं उतरती हूँ, कई चेहरे मेरे साथ उतरते हैं, जब मैं लौटती हूँ कई लोग अपने चेहरे पर थकान का बोझ उठाए लिफ़्ट का इंतज़ार कर रहे होते हैं। 'हमारा समय इतना कैसे मिल जाता है,' मैं सोचती हूँ। फिर भी एक फ़ासला है जो मिटता नहीं। फ़ासला इतना छोटा है कि एक मुस्कराहट से ही भरा जा सकता है। लेकिन मैं उस छोटी-सी पूँजी को भी खर्च

करने को तैयार नहीं हूँ। हाँ मैं ही तैयार नहीं हूँ, यह मैं अच्छी तरह जानती हूँ।

कई दिनों से देख रही हूँ, मैं बदल रही हूँ। एक चेहरे से मुझे निस्बत हो गई है। उसकी आवाज़ मेरी शुतुरमुर्ग़ गरदन को बाहर खींच कर निकाल देती है। मैं कितनी भी कोशिश करूँ कई बार उसकी वजह से मुझे ठिठकना ही पड़ता है। वह मेरे आगे-पीछे ऐसे डोलने लगता है कि उसे छोड़कर आगे बढ़ना नामुमकिन-सा लगता है। मैं सच में इतनी निर्दयी तो बिलकुल भी नहीं कि किसी को यूँ ठुकरा कर चली जाऊँ। कई दिनों से महसूस कर रही हूँ कि मैंने जो आवरण ओढ़ा है वह उसे खींचकर तार-तार करे दे रहा है। मैं हार रही हूँ। उससे या अपने आप से कहना मुश्किल है। मैं उससे दूर भागने की जितनी कोशिश कर रही हूँ, वह उतना ही पास आता जाता है। मैं चुपचाप निकल जाना चाहती हूँ तो वह पीछे से टोक देता है। मैं सिर्फ़ ठिठकती हूँ तो वह अपनी हरकत बढ़ा देता है। मैं पलटती हूँ तो वह खुश हो जाता है। मैं लौटती हूँ तो लगता है कि वह मेरे ही इंतज़ार में है। आज तो उसने हद ही कर दी, मैं तेज़ी से निकलती उससे पहले उसने मेरा हाथ थाम लिया। मुझे मजबूरी में रुकना ही पड़ा। गेट से अंदर घुसने के बाद इन पाँच सालों में शायद मैं पहली बार इस बगीचे के सामने रुकी थी। कितना रंग-बिरंगा है यह बगीचा। बच्चे कितना शोर करते हैं। ग्यारहवीं मंज़िल में शीशे के बड़े दरवाज़ों के पीछे छनकर भी भूल से इनकी आवाज़ नहीं आती। उसने मेरा हाथ मज़बूती से पकड़ लिया। मुझे समझ ही नहीं आया क्या करूँ। मेरे कंधे पर टँगा बैग, दूसरे हाथ में फल की थैली को उसने ज़ोर से भींचा। मैं कुछ कहती उससे पहले ही पीछे से किसी की आवाज़ आई, ''नो, नो बेटा, बैड।'' मैं ऐसे खड़ी हो गई जैसे पत्थर की मूर्ति। ''चीज़ी, चीज़ी।'' केले चाहने वाली मासूम आवाज़ को न बैड सुनाई दे रहा है, न नो की ध्वनि। मेरी आँखों में बस सवाल है, ''दे दूँ?''

''आय एम रियली सॉरी। मैं इसे पकड़ती हूँ आप जाइए।'' मैंने कदम आगे बढ़ाया तो चीज़ी की आवाज़ रुदन में बदल गई। मैंने थैली से एक केला निकाल कर उसकी ओर बढ़ा दिया। ''थोलो,'' उसने अधिकार से कहा। मैंने केला छीलकर उसके हाथ में पकड़ा दिया। उसने एक स्निग्ध दृष्टि मुझ पर डाली। पता नहीं कितने सालों बाद मैंने ऐसी नेह भरी आँखें देखी थीं। मैं जड़ होकर उसे देखने लगी, ''और चाहिए?''

‘‘अरे आप इसके चक्कर में मत पड़िए। इसे केले बहुत पसंद हैं, जब तक सारे खत्म न हो जाएँ रुकेगा नहीं।’’

‘‘अगर आप कहें तो एक और दे दूँ?’’ संकोच से ज़्यादा मेरे शब्दों में किसी दूसरे के बच्चे को कुछ दूँ या न दूँ का असमंजस था।

‘‘दे दीजिए। ऊपर जाकर फिर दूध नहीं पिलाऊँगी।’’ मैंने एक और केला छील कर उसके हाथ में पकड़ा दिया।

अब हर दिन उनकी नज़रें मुझे खोजतीं। मैं बचकर निकलना भी चाहूँ तो कानों में आवाज़ टकराती, ‘‘आंटी।’’ अब उसकी माँ को देखकर भी मुस्कराना पड़ता। इतने सालों में पहला मुलाकाती जो मेरे मुँह से जान पाया कि मैं ग्यारहवीं मंज़िल पर रहती हूँ। मैं समाज में रहने के नियम किस तरह भूल चुकी हूँ यह मुझे एक दिन तब ख़याल आया जब उसने कहा, ‘‘मेड कुछ लेने चली गई है लौटी नहीं, चाभी उसी के पास है, इसे पॉटी आ रही है।’’ मैंने सिर्फ़ अच्छा कहा तो उसे मचलता देख उसी ने बेधड़क बोला, ‘‘आपको दिक्कत न हो तो आपके घर ले चलूँ।’’ उसके कहने के बाद मुझे महसूस हुआ कि बच्चे की खातिर यह शिष्टाचार तो मुझे पहले ही दिखा देना चाहिए था।

‘‘मेड को बता दीजिए कि आप यहाँ हैं वरना वह परेशान होगी।’’

‘‘हाँ फ़ोन कर देती हूँ।’’

‘‘अगर आपके हसबैंड ऑफ़िस से आने वाले हों तो उन्हें भी यहीं बुला लीजिए मैं चाय बनाती हूँ।’’

‘‘नहीं वो नहीं हैं।’’

‘‘ओह सॉरी।’’

‘‘सॉरी जैसी कोई बात नहीं। शादी ही नहीं की तो हसबैंड कहाँ से आएगा।’’ वह खिलखिला कर हँस दी। मैंने कुछ नहीं पूछा, बस निगाहें बच्चे की तरफ़ घुमा दीं।

‘‘बच्चे के लिए हसबैंड होना ज़रूरी है क्या?’’ इस बार वह खिलखिला कर हँस दी। ‘‘मेरा बॉयफ्रेंड था। शादी नहीं हो सकती थी, कुछ पर्सनल था। इस बीच मैं प्रेगनेंट हो गई। मैंने अबॉर्ट नहीं कराया। वरना देखो इतनी प्यारी मुस्कान नहीं होती जीवन में।’’

मैं कुछ बोल ही नहीं पाई।

''आप यहाँ किसी से बात क्यों नहीं करतीं,'' वह बच्चे को निकर पहनाते हुए सहजता से पूछ बैठी।

''क्योंकि मुझमें तुम्हारी तरह हिम्मत नहीं है।''

''मतलब।''

''मुझे डर लगता है प्रश्नों से।''

''कैसे प्रश्न।''

''शादी हुई क्या, हुई तो पति कहाँ है, अच्छा तलाक हो गया, तलाक क्यों हो गया, बच्चे हैं, हैं तो कितने, नहीं हैं तो क्यों नहीं हैं, कहीं इसी वजह से तो तलाक नहीं हुआ, बच्चे के लिए डॉक्टर को नहीं दिखाया था क्या?'' मैं एक साँस में सारे सवाल कह गई। ''मैं तुम्हारी जितनी बहादुर नहीं हूँ। इसलिए मैं लोगों से नज़रें ही नहीं मिलाती कि दोस्ती हो, लोग सवाल पूछें।''

वह थोड़ी देर एकटक मुझे देखती रही। फिर उसने बस इतना ही कहा, ''मुझे नहीं पता तुम्हारा अतीत क्या था। लेकिन भविष्य सिर्फ़ सवालों की बलि नहीं चढ़ना चाहिए।'' उसने उठकर बालकनी का परदा सरका दिया। तमाम गमलों की हरियाली शीशे से होती हुई कमरे में चली आई। बच्चा दौड़ कर दरवाज़े तक पहुँचा और ज़ोर-ज़ोर से शीशे पर हाथ मारने लगा। उसकी स्निग्ध मुस्कान पूरे कमरे में फैल गई। वह यहाँ-वहाँ दौड़ने लगा। उसने मेरा हाथ पकड़ा और कहा, ''चलो नीचे चलते हैं, तुम्हें कुछ लोगों से मिलाती हूँ। एक सरन आंटी हैं मुझे खूब सारे लड़के बताती रहती हैं, ऐसे भी जो मुझ अबला को मेरे बच्चे के साथ स्वीकार कर लेंगे।'' उसने किसी नायिका की नकल करते हुए कहा तो मुझे हँसी आ गई। ''उनमें से एकाध तुम भी छाँट लेना।'' उसने शरारत से आँखें मिचमिचाईं। ''बगीचे का शौक रखती हो और अपने भीतर ही हरियाली नहीं पनपने देतीं।'' शायद यह उलाहने से ज्यादा समझाइश थी। उसके कहने में क्या जादू था, मैं घर को ताला लगा रही थी, लिफ़्ट में मेरी शुतुरमुर्ग गरदन पता नहीं कैसे बिलकुल सीधी थी।

तुम्हारे जवाब के इंतज़ार में

"स ब कविताएँ लिखने लगेंगे तो फिर पढ़ेगा कौन?" मुझे अब तक याद है तुमने कॉलेज कैंटीन में हँसते हुए अनुराधा को कहा था। अनुराधा ने तुम्हें मज़ाक में डपटते हुए कहा था, "मुझे तुमसे कोई उम्मीद नहीं है। लिख तो तुम कभी नहीं पाओगे, पढ़ना भी तुम्हारे बूते से बाहर है।" और तुमने कैसे झट से पेपर नैपकिन निकालकर उस पर अनुराधा का नाम लिख कर आगे बढ़ाते हुए कहा था, "ये देखो किसने कहा कि मैं लिख नहीं सकता।" फिर ज़ोर-ज़ोर से तुमने तीन-चार बार उसका नाम पढ़ा था और हँसते हुए कहा था, "देखो पढ़ भी रहा हूँ।" सब लोग ज़ोर-ज़ोर से हँस दिए थे। अनुराधा ने बनावटी गुस्से से तुम्हारे हाथ से पेपर नैपकिन लेकर फाड़ दिया था और ज़ोर से बोली थी, "मैं कविता लिखने की बात कर रही थी।" लेकिन तुम तो हार मानने वाले लोगों में से थे नहीं। तुमने तुरंत कहा था, "जिस कागज़ को आपने पुर्जा-पुर्जा कर दिया है मदाम, मैंने अभी-अभी उस पर कविता ही लिखी थी और उसका सस्वर पाठ किया था। पर आपको मंजूर नहीं कि कोई और आपके सामने कवि बन जाए। मैं आपको चुनौती की तरह लगा और आपने मेरे अरमान, मेरे शब्दों को तार-तार कर दिया।" अनुराधा चुप हो गई थी। उसे सूझा ही नहीं कि वह क्या करे। वह झेंप गई थी।

कॉलेज के दिनों में मैं अक्सर सोचा करती थी कि तुमसे कुछ सीखा जाए या नहीं पर यह ज़रूर सीखना चाहिए कि ज़िन्दगी कैसे बिताई जाती है। हम साइकिल पर कॉलेज आने वाली पीढ़ी से हैं, पर तुम्हें वह भी नसीब नहीं थी। पूरा साल तुमने एक जोड़े में काट दिया था। कोई सा भी अवसर हो, तुम हमेशा वह नीले-लाल चौखाने वाली शर्ट और काली पैंट में ही दिखे। तुम्हारे

पैरों में सस्ते सैंडिल होते थे। मैंने तुम्हें कभी जूते में नहीं देखा। पर मजाल क्या कि कोई तुम्हारा मज़ाक बना दे या आर्थिक हालत के चलते अनदेखी कर दे। तुम्हें लग रहा होगा कि मैं यह एकालाप क्यों कर रही हूँ। पर सच कहूँ, कई बार तुम्हारी हाज़िर जवाबी से डरकर ही मैंने तुमसे बात नहीं की। मैं बातचीत में वैसे भी कच्ची हूँ। ऊपर से तुम ऐसे तुर्की-ब-तुर्की जवाब देते थे कि मुझे लगता था कि तुम्हारे सामने कभी टिक नहीं पाऊँगी। तुम कभी कैंटीन में न चाय पीते थे न समोसा खाते थे। सिर्फ़ इसलिए कि तुम किसी को खिला नहीं सकते तो खा कैसे सकते हो। हम सब लोगों ने कितनी ज़िद की होगी कि तुम्हें कभी चाय पिला सकें। पर तुम्हारा निश्चय तोड़ने का मतलब था पहाड़ तोड़ना। पता नहीं तुम्हें याद है कि नहीं पर मुझे याद है, एक बार क्लास में तुमने सबसे ज़्यादा होशियार समझे जाने वाले सुमित श्रीवास्तव के ज्ञान की धज्जियाँ बिखेर दी थीं। तुमने ऑर्गेनिक केमेस्ट्री के उस लेक्चर में जोशी सर का भी दिल जीत लिया था। सर ने खुद कहा था कि उन्होंने पहली बार इस उम्र में किसी छात्र का ऐसा ज्ञान देखा है। मुझे तो केमेस्ट्री में पास होने के लाले पड़े रहते थे और तुमने तो सर को भी चमत्कृत कर दिया था। लेकिन सुमित श्रीवास्तव की हार ने उसे और चिढ़ा दिया था। पिछले छह महीने से उसने पढ़ाकू का जो चोला पहन रखा था, वह तुमने अचानक नोंच कर फेंक दिया था।

हम सबको भी लगता था कि सुमित इस बात का बदला ज़रूर लेगा। लेकिन कैसे यह कोई नहीं सोच पा रहा था। सब जानते थे कि तुम्हें परेशान करना असंभव है। न तुम दूसरों की बातों पर ध्यान देते थे न किसी बात पर खीजते थे। तुम खुद में गाफ़िल रहते थे। मुझे लगता है कि मैंने पर्याप्त रूप से तुम्हें याद दिला दिया है कि मैं कौन हूँ। मैं वही हूँ जिसे एक बार तुमने हँसते हुए कहा था, ''कुपोषण की शिकार।'' वैसे अब मैं काफ़ी तंदुरुस्त हो गई हूँ। इसलिए ज़रूरी है कि अब मैं सीधे मुद्दे पर आ जाऊँ। अब मैं एक स्कूल चलाती हूँ। सिर्फ़ सात साल हुए हैं स्कूल को, पर हमारे स्कूल की साख बन गई है। इस साल पहली बार हमारे स्कूल का बैच दसवीं की परीक्षा देगा। तुम्हारे बारे में फ़ेसबुक पर पढ़ती रहती हूँ। तुम्हें पढ़कर लगता है कि यदि तुम सरकारी अफ़सर न होते तो अच्छे मोटिवेशनल गुरु भी हो सकते

थे। तुम्हारी व्यस्तता जानने के बाद भी मैं अनुरोध कर रही हूँ कि एक बार मिलने का समय दो। तुमसे बहुत ज़रूरी काम है। इस चिट्ठी की शुरुआत में मैंने कोई संबोधन नहीं लिखा है। इसलिए नहीं कि समझ नहीं पा रही थी कि क्या लिखूँ, बल्कि मुझे लगा कि प्रिय जैसा कुछ लिखने से यह अनौपचारिक हो जाएगा और मैं तुमसे कोई अनौपचारिकता नहीं चाहती। उम्मीद है कि तुम जवाब दोगे।

〜

सर्दी की दस्तक इसी बात से पता चल जाती है जब आप एक प्याला चाय पी चुके हों और दूसरे की तलब लगे और कंबल से बाहर निकलने को दिल न करे। मैंने हिसाब लगाया कि यदि मैं तुरंत उठकर तैयार होने नहीं गई तो कितनी भागम भाग हो सकती है। हमारे स्कूल की दसवीं कक्षा के बैच को लेकर हम सभी लोगों में ज़बरदस्त उत्साह था। सब इसी की तैयारी में लगे हुए थे कि कैसे कोर्स बार-बार दोहराया जाए। मैं पहली बार पैरेन्ट्स का दबाव महसूस कर रही थी। हर दिन किसी-न-किसी का फ़ोन आ जाता था, ''मैडम टेन्थ है, ज़रा देखिएगा।'' माता-पिता बच्चों से ज़्यादा तनाव में थे। मैंने एक वर्कशॉप माता-पिता के लिए भी की पर मुझे उसका बहुत फ़ायदा नज़र नहीं आ रहा था। तमाम कोशिश के बाद भी न माता-पिता समझ रहे थे न बच्चे। दसवीं के बैच में एक अलग तरह का तनाव दिख रहा था जबकि परीक्षा में पूरे तीन महीने थे। मैंने योजनाएँ बहुत बनाई थीं कि पूरे साल बच्चों को ऐसा माहौल देंगे कि परीक्षा का डर हावी न हो। मैंने बेमन से कंबल बगल में सरकाया और ठंडे फ़र्श पर पैर रख दिया। इतनी देर से कंबल में दबे हुए गुनगुने पैर फ़र्श की ठंडक से काँप गए। मेरा पैर अंदाज़े से स्लीपर खोजने लगा। मेरी नज़र अपने मोबाइल पर जमी थीं। मैं बस मोबाइल की स्क्रीन से नज़र हटाने ही वाली थी कि एक व्हॉट्सऐप मैसेज चमका, नाम देख कर मेरा दिल उछल कर मुँह तक आ गया। मैंने पढ़ना शुरू किया, ''मैं तुम्हें खूब पहचान गया हूँ। और यदि नहीं भी पहचानता तो पता लगाना आसान नहीं है कि तुम वही हो जो नाक से आवाज़ निकाल कर मैडम से सप्लीमेंट्री पर सप्लीमेंट्री माँगती जाती थीं। तुम्हारा दो पन्ने का मैसेज पढ़ कर दावे से कह सकता हूँ कि तुम

परीक्षा में भी बस पन्ने भरती रही होगी। खैर मज़ाक कर रहा हूँ। आज शाम सात बजे आईआईसी में मिलते हैं। मुझे तुम्हारी तरह कॉपी भरने का शौक नहीं था शुरू से इसलिए बस इतना ही। इंतज़ार करूँगा, प्रोग्राम में कोई भी चेंज हो तो बता देना।''

मैसेज पढ़ कर मेरा मन एकदम हल्का हो गया। बस हल्का-सा डर लगा कि उससे यह सब कहूँगी कैसे जो मैंने इतने दिनों से सोच रखा है। फिर मुझे याद आया कि उसने मुझे नाक से आवाज़ निकालने वाली कहा। मुझे गुस्सा आया, पर ठीक है शाम को हिसाब चुकता करूँगी।

~

''आप तो बिलकुल नहीं बदले।''

''लेकिन आप बदल गई हैं।''

''क्यों बदल गई हूँ, वैसी ही तो हूँ।''

''इतना बोल रही हो, कह रही हो नहीं बदली। कॉलेज में तो मैंने कभी तुम्हारी आवाज़ ही नहीं सुनी थी।''

''ऐसे कैसे नहीं सुनी थी। सुबह आपने ही तो कहा, मैं नाक से बोलती हूँ।'' मैंने थोड़ा-सा बनावटी गुस्सा दिखाया। बदले में उसने ज़ोर से ठहाका लगा दिया। फिर जैसे खुद बोला, ''अच्छा हुआ यह बात तुमने अभी बाहर लॉन में कह दी। वरना अंदर तो ज़ोर से बोल भी नहीं सकते, ठहाका लगाना तो दूर की बात है।''

संभ्रांत क्लब में सब धीरे-धीरे बात कर रहे थे। कभी-कभी क्रॉकरी की आवाज़ उस चुप्पी को तोड़ देती थी। हॉल के बीच में एक टेबल खाली थी। उसने इशारा किया और मैं वहाँ चल पड़ी। बैठने के बाद मैंने पहली बार उसे गौर से देखा था। आगे से बाल थोड़े कम हो गए थे। लेकिन पेट अभी भी चुस्त था, बिलकुल सपाट। उसने कोट उतार कर कुर्सी के पीछे टाँग दिया। उसकी बलिष्ठ बाँहें शर्ट से झाँकने लगीं। मैं उसे देख ही रही थी कि उसने मेरी निगाह को पकड़ लिया। मेरी निगाहों की चोरी पकड़ में आ गई तो मैं असहज हो गई। वह फ़ौरन समझ गया और बोला, ''क्या खाओगी बताओ, मुझे तो बहुत भूख लगी है।'' मैं तय ही नहीं कर पा रही थी कि क्या कहूँ।

तभी वह बोला, ''अगर डिनर तक रुक सकती हो तो कुछ हल्का खाते हैं वरना दिल्ली वालों का फ़ेवरेट छोले-भटूरे मुझे सबसे अच्छा ऑप्शन लगता है।'' उसका सारा ध्यान खाने में था, जबकि मैं सोच रही थी कि जो मुझे कहना है, उसे कहाँ से शुरू किया जाए। मैंने ऐसे सिर हिलाया जैसे कहना चाह रही हूँ, ''छोले भटूरे ही सबसे अच्छा ऑप्शन है।'' उसने दो लोगों के हिसाब से कुछ ज़्यादा ही ऑर्डर कर दिया था। जब वह ऑर्डर देकर फ़ारिग हो गया तो मैंने अपने गले में आई खराश को साफ़ करने की कोशिश की। वह तुरंत समझ गया और बोला, ''ओह सॉरी मैं भूल ही गया तुम्हें मुझसे कुछ काम था। बताओ।''

मैंने उसके चेहरे पर निगाह टिकाई और कहा, ''मैं यह कहना चाह रही थी कि...'' शब्द मेरे गले में अटक गए। वह गौर से मुझे देखता रहा। फिर मैंने हिम्मत बटोर कर कहा, ''मैं...तुम तो जानते हो कि दसवीं की परीक्षाएँ हैं, दो महीने बाद। मैं एक स्कूल चलाती हूँ तो...तो मैं चाहती थी कि तुम एक बार हमारे स्कूल आओ और...और बच्चों को मोटिवेट करो।'' मैंने जल्दी से अपना वाक्य खत्म कर दिया।

''मोटिवेट और मैं?'' वह हँसा। ''मैं मोटिवेशनल गुरु नहीं हूँ यार और फिर तुम्हें क्यों लगा कि मैं यह काम कर सकता हूँ। पर बात सिर्फ़ यह नहीं है कुछ और है बताओ तुम, मुझसे वाकई क्या चाहती हो। संकोच मत करो। कहो।''

''मैं चाहती हूँ कि तुम मेरे स्कूल में आकर सुमित श्रीवास्तव वाला वह किस्सा सुनाओ।'' मैंने बिना लाग लपेट के कह दिया। वह कुछ देर मुझे देखता रहा फिर पूछा, ''इससे क्या होगा?''

''ताकि मेरे स्टूडेंट्स को पता चल सके कि वे आत्मविश्वास से किसी भी स्थिति को जीत सकते हैं।''

''तुम कैसे कह सकती हो, वो मेरा आत्मविश्वास था?''

''क्योंकि उस दिन तुमने जो किया था, उसे करने के लिए दम चाहिए। मुझे तुम्हारे बारे में सबसे ज़्यादा जो बात प्रभावित करती थी, वह तुम्हारी कुछ न छुपाने की आदत थी। तुम कभी अपनी गरीबी छुपाते नहीं थे। खुल्लम-खुल्ला कहते थे, 'अभी चाय-नाश्ते की मेरी जेब इजाज़त नहीं देती। जब देगी

तो ज़रूर खाऊँगा और खिलाऊँगा भी।' तुम्हें कभी यह बताने से डर क्यों नहीं लगता था कि तुम कच्ची बस्ती में रहते हो, तुम्हारे पापा किसी सरकारी दफ़्तर में चपरासी हैं, तुम्हारा बड़ा भाई राज मज़दूर है, तुम्हारा बहनोई सब्ज़ी का ठेला लगाता है और...'' मैं रो में कहे जा रही थी। बिना यह सोचे कि वाक्य ठीक हैं या नहीं, सही जगह मैं बोल रही हूँ या नहीं, यह बोलना ठीक है कि नहीं। उसने बेचैनी से अपना पहलू बदला। मैं समझ गई कि कुछ ज़्यादा ही कह गई हूँ। वह थोड़ी देर चुप मुझे देखता रहा और जब बोला तो मुझे लगा जैसे उसकी आवाज़ बहुत दूर से आ रही हो। उसने चबा-चबा कर कहना शुरू किया, ''प्रिया यह सब तब अच्छा लगता था। एक पूरी पीढ़ी बदल गई है। तुम यकीन मानोगी, मेरे किस्से में मेरे बच्चों को ही दिलचस्पी नहीं है। वह मेरे संघर्ष या हमेशा साफ़ कह देने की आदत को मूर्खता मानते हैं। उन्हें खराब लगता है जब उनके दादाजी का ज़िक्र आ जाता है। वे अपने फुफाजी से बात करना नहीं चाहते। अब सब बदल गया है। कुछ भी वैसा नहीं रहा। ऐसी बातें किसी बच्चे को मोटिवेट नहीं कर सकतीं। फिर इतने सालों से सरकारी नौकरी करते-करते मुझे लगता है मैं भी अपना वास्तविक रूप खो चुका हूँ।'' वह चुप हो गया। पर मुस्करा रहा था। वह मुस्कराहट गवाह थी कि वह निराश नहीं हुआ है, बस बदलाव से थोड़ी कोफ़्त महसूस कर रहा है। मैंने तुरुप का पत्ता फेंका, ''ठीक है उन हालातों से निकलकर आईएएस बनने वाले अधिकारी के रूप में मत आओ, मेरे कॉलेज के दोस्त होने के नाते आ जाओ प्लीज़। तुम कहते थे ना यदि जीवन में कुछ बन पाया तो कॉलेज के साथी जहाँ पुकारेंगे वहाँ दौड़ जाऊँगा। यहाँ तो दौड़ना भी नहीं है, बस एक घंटा ड्राइव करके आना है।''

वह फिक्क से हँस दिया। उसके चमकीले दाँतों की चमक पूरे कमरे में बिखर गई। तय हुआ कि वह शुक्रवार को आएगा। मैंने उसका शुक्रिया अदा किया। उसने बिल लाने को कहा, मैंने संकोच में अपना पर्स निकाला तो वह हँस पड़ा और कहा, ''अब बिल चुका सकता हूँ।''

स्कूल के ऑडिटोरियम में हर क्लास के बच्चे कतार से बैठे थे। उसने आते ही कहा, ''ये रंगोली तुमने तो नहीं बनाई होगी।'' मैंने इनकार में सर हिलाया तो उसने हँस कर कहा, ''तुम तो अमीबा की तरह रंगोली बनाती

थीं याद है, एक बार कॉलेज में बनाई थी तुमने टेढ़ी-मेढ़ी।'' उसकी बात सुनकर सब हँस दिए। ऐसा लग रहा था जैसे वह बरसों से यहाँ आता रहा है और सभी से परिचित है। सब उसके आत्मीय व्यवहार पर मुग्ध थे। हॉल में उसकी गंभीर आवाज़ गूँज रही थी। वह एक-से-एक शे'र सुना रहा था और बच्चे तालियाँ पीट रहे थे। हम जब भी ऐसा कोई आयोजन करते थे तो बच्चों को टिका कर रखना मुश्किल होता था। यहाँ बच्चे हिल ही नहीं रहे थे। वह बीच-बीच में सवाल करता और पूछता कि गणित में नंबर कम आने के पाँच नुकसान बताओ? यदि ऐसा प्रश्न आए तो वो क्या जवाब लिखना चाहेंगे। बच्चे एक-से-एक जवाब दे रहे थे। यदि पापा के पास मर्सडीज़ न होकर ऑल्टो गाड़ी हो तो साइंस में नंबर ज़्यादा आएँगे या एवरेज? इस सवाल पर जैसे हॉल लोटपोट हो गया। फिर उसने कहना शुरू किया कि बच्चे अपनी पृष्ठभूमि को छुपाना चाहते हैं इसलिए हर चीज़ छुपाते हैं। आखिरकार वह उस किस्से पर आया कि कैसे उसके क्लास के साथी ने एक कार्यक्रम रखा, जिसमें अपने परिवार के बारे में जानकारी देनी थी। सभी ने सोचा, उस दिन मैं नहीं आऊँगा या फिर उस कार्यक्रम में हिस्सा नहीं लूँगा। पर मैं न सिर्फ़ पहुँचा बल्कि पूरा परिवार लेकर पहुँचा। मेरी माँ की फटी एड़ियाँ, मेरे भाई के अशुद्ध उच्चारण, मेरी बहन की साधारण साड़ी और मेरे पिता की चतुर्थ श्रेणी वाली खाकी वर्दी, कोई भी बात मेरे आड़े नहीं आई। मैंने अपने पिता की खूबियाँ ऐसे बताईं कि किसी को ध्यान ही नहीं रहा कि वे पूछते मेरे पिता किस दफ़्तर में चपरासी हैं। मेरे बहनोई शिक्षा को लेकर इतने सजग थे कि बहन को शादी के बाद बीए में एडमिशन दिला दिया। इस बात को मैंने इस ढंग से कहा कि लोग भूल गए कि उनका सब्ज़ी का ठेला कहाँ लगता है। यह किस्से सुनाने का तरीका ही था जो मैं अपनी कॉपियों में उत्तर रटने के बजाय रोचक तरीके से लिखने लगा। उसकी आवाज़ गूँज रही थी, ''सब क्लास में फ़र्स्ट नहीं आ सकते, इसलिए सिर्फ़ मेहनत करनी चाहिए। जीवन बहुत बड़ा है। वर्तमान कैसे आँकता है यह बड़ी बात नहीं है, इतिहास आपको कैसे याद रखता है यह आपकी उपलब्धि है।''

मुझे नहीं पता कि दसवीं के बच्चों के छोटे से दिमाग पर इन बातों का कितना असर हुआ। पर जब वह स्टेज से उतरा तो बच्चे मधुमक्खियों की

तरह उसके आस-पास इकट्ठे हो गए। वह हँस रहा था, बच्चों की पीठ पर धौल जमा रहा था, मैंने सभी टीचरों को मना कर दिया कि कोई भी बच्चों के पास न जाए। बच्चे अभी भी सवाल कर रहे थे। ढेरों सवालों के बीच एक आवाज़ आई, ''सर अगर फ़ेल हो जाएँ तो क्या करना चाहिए?''

''सबसे पहले तो अपने दोस्तों, रिश्तेदारों को बता देना चाहिए कि फ़ेल हो गए हो, फिर दोबारा मेहनत करनी चाहिए। पास होने लायक नंबर लाकर बिंदास रहना कठिन नहीं है, कठिन तो मेरिट में आकर भी डरे रहना है कि कल क्या होगा।''

वह बाहर आ गया। चलते हुए उसने सिर्फ़ इतना कहा, ''जब मैं अपने माता-पिता को उस दिन कॉलेज ले आया था तो मुझे लगा था कि मैंने बहुत बड़ा काम कर दिया है लेकिन तुमने इतने साल इस घटना को याद रखा और माना कि यह बड़ा कदम था, यही मेरे लिए जीवन का सबसे बड़ा पुरस्कार है।''

''तुम्हारे लिए एक और पुरस्कार मेरे पास है,'' मैंने कहा तो वह चौंका। सामने से एक दुबली-पतली आकृति चली आ रही थी। आकृति ठीक उसके सामने आकर ठहर गई। उसने दो मिनट गौर से देखा और जैसे चीखा, ''सुमित...सुमित श्रीवास्तव?'' सुमित ने हामी में सिर हिलाया और कहा, ''इसके स्कूल में केमेस्ट्री पढ़ाता हूँ।'' उसने चिर-परिचित ठहाका लगाया और कहा, ''अब बताओ तुम्हारे यहाँ ऐसे-ऐसे लोग केमेस्ट्री पढ़ाते हैं तो बच्चों का क्या होगा।'' हम तीनों हँस दिए। उसने हम दोनों के गले में अपनी बाँहें डाल दीं, जैसे बरसों बाद कोई अपना मिला हो। हम तीनों गले मिले तो लगा सारे शीशमहल धुल गए हैं।

पिघली हुई लड़की

हर कहानी ज्यों की त्यों कहना बिलकुल ज़रूरी नहीं। कुछ कहानियों को उनका रूप बदल कर कहा जाए तो ही वे ज़िन्दगी की कहानियाँ लगती हैं। लेकिन किसी की ज़िन्दगी ऐसी कहानी नहीं होनी चाहिए। कहानी पर 'सच्ची घटना' का मुलम्मा चढ़ते ही वह कहानी झूठी हो जाती है। तो यूँ समझ लीजिए कि ये एक 'सच्ची घटना' झूठी कहानी है। अगर कहानीकार के पास कल्पना ही न हो तो फिर वह किस बात का कहानीकार!

ये ऐसा मौसम था जैसा कहानियों में तो अमूमन नहीं होता। प्रेम कहानियों में तो बिलकुल नहीं। आसमान रूठा हुआ था और धरती तप रही थी। जून का महीना शुरू हो गया था लेकिन भ्रम दिखाने के लिए भी काले बादल दिखाई नहीं दे रहे थे। मैं और रति स्कूल में साथ पढ़ा करते थे। हम पानी से भरी बाल्टियाँ लेकर धीरे-धीरे चल रहे थे। रति ने बीच गली में बाल्टी रख दी और दुपट्टे से मुँह पोंछ लिया। कच्ची बस्ती के मकानों में लगभग सन्नाटा था। यूँ घड़ी में ग्यारह से ज़्यादा वक्त नहीं हुआ होगा। रति बुदबुदाई, ''गर्मी...''

गर्मी कहते ही मुझे उसका छोटे रोशनदान और बिना खिड़की वाला घर याद आ गया। मैंने सोचा कि जल्दी से बारिश आए या कम-से-कम हवा ही चलने लगे तो रति को चैन आए। उससे गर्मियाँ बिलकुल बर्दाश्त नहीं होतीं, यह बात सिर्फ़ मैं जानती थी। वह अपनी बाल्टियाँ उठाती उससे पहले गली के मुँहाने से सर्र से एक साइकिल घुसी और रति का दुपट्टा उड़ाती हुई निकल गई। साइकिलवाले ने थोड़ी दूर जाकर दुपट्टा छोड़ दिया और बिना हमारी ओर देखे आगे बढ़ गया।

हमारे चेहरे पर खौफ़ की परछाईं थी, जबकि उसकी पीठ पर खौफ़ लिखा नहीं था।

यह डर से हमारी पहली मुठभेड़ थी। हमारी छातियाँ बस अभी उभरनी शुरू ही हुई थीं। तब भी हम सीने को दुपट्टे से ढक कर रखते थे। पिछले महीने के बाद से ही मैंने भी गली में खेलना बिलकुल बंद कर दिया था। रति पहले भी नहीं खेलती थी। अब रति की दिनचर्या मेरी दिनचर्या हो गई थी। शाम होते ही हम चाय के बर्तन और कप धोते, आँगन बुहारते, सूखे कपड़े उतारते, उनकी तह बनाते और दीया-बत्ती होने के बाद आटा गूँध कर सब्ज़ी छौंकने बैठ जाते। मेरे और रति के घर के बीच सिर्फ़ एक आँगन की दूरी थी। एक बड़े से आँगन के इर्द-गिर्द बारह कमरे थे, जिसमें से एक में मैं और एक में रति का परिवार रहता था। हम दोनों की दिनचर्या में बस तभी फ़र्क आता था जब हम तीन दिन स्कूल जाना बिलकुल बंद कर देते थे। हालाँकि घर के बाकी काम बदस्तूर जारी रहते थे। उसमें से सिर्फ़ रोटी बनाना या चाय बनाने का काम हम नहीं करते थे। लेकिन इसका मतलब यह नहीं था कि वह समय फुर्सत का होता था और हम आराम कर सकते थे। उस वक्त हमको किसी दूसरे काम में लगा दिया जाता था। ज्यादातर भाई या पिता की उधड़ गई पैंट की तुरपाई, बटन टाँकना या दाल, चावल या गेहूँ बीनना।

उस वक्त तक हमें चाहत शब्द का ठीक-ठीक अर्थ नहीं मालूम था, फिर भी हमारे पास चाहतों की लंबी सूची थी। हम दोनों चाहते थे कि तुरपाई करने वाले या अनाज साफ़ करने वाले हमारे दिन साथ आएँ। हम दोनों के पास अपनी-अपनी साइकिलें हों, जिसमें घंटी लगी हो और हम पूरे मोहल्ले में घंटी बजाते हुए साइकिल चलाएँ। जब बारिश हो तो हम बिना दुपट्टा ओढ़े बारिश में भीगें और गीले बालों को सूखने तक खुला ही छोड़ दें। फिर भी हमें अपने जीवन से असंतुष्टि नहीं थी। हम बर्तन माँज कर, खाना बना कर, गर्मी में भी उमस वाले कमरे में सोकर खुश थे। भरी गर्मियों में जब सब लोग बाहर आँगन में सोते थे तब भी हमें आँगन में सोने की इजाज़त नहीं थी। क्योंकि आँगन खुला था और हमारी सुरक्षा की गारंटी कोई नहीं ले सकता था। मेरी बड़ी बहन और मैं कमरे में ही सोते थे। इसी तरह रति भी अकेली कमरे में सोती थी और उसके दोनों छोटे भाई, पिता और उसकी माँ बाहर सोते

थे। मोहल्ले से बाहर हमने अपने सिर्फ़ एक चीज़ देखी थी, अपना स्कूल।

रति के सबसे पसंदीदा मौसम ने गली को कीचड़ से भर दिया था। कोने पर भैंस के तबेले से अचानक तीखी महक उठने लगी थी। पानी ने शायद गोबर की बास को भड़का दिया था। हम स्कूल से लौट रहे थे, रति अपना चेहरा बार-बार उठा देती थी। उसको देखकर लग रहा था कि वह अपने फेफड़े में सारी हवा भर लेना चाहती है ताकि रात में वह यह ताज़ा हवा उस छोटे से कमरे में छोड़ दे ताकि उमस में फिर से हवा की ठंडक को दोबारा महसूस किया जा सके। मैंने उसे लगभग धकेला क्योंकि पाँच मिनट की देरी पर भी हमें बताना पड़ता था कि हम कहाँ रह गए थे।

रति पता नहीं क्यों आज कुछ ज़्यादा ही बेफ़िक्र हो रही थी। हम समझ पाते उससे पहले पीछे से तेज़ी से साइकिल आई और रति के नितंब दबा कर आगे बढ़ गई। रति ने पीछे मुड़ कर अपनी कमर के नीचे देखा। सिवाय कीचड़ के छींटों के वहाँ कुछ नहीं था। बच कर चलने पर भी चप्पल छींटें उड़ा रही थी। स्कूल की सफ़ेद सलवार पर छोटी-छोटी काली बुंदकियाँ उभर आई थीं। दाग तो दाग ही होते हैं, चाहे कपड़े पर पड़ें या मन पर। बारिश की बूँदों ने रति की आँखों में ठिकाना बना लिया। हम ठगे से खड़े रह गए।

बेबसी से यह हमारी पहली मुठभेड़ थी, जबकि हम इतने भी बेबस नहीं थे कि एक साइकिल को दौड़ कर पकड़ न सकते हों। लेकिन कोई देख लेता या घर पर पता चलता तो हम क्या कहते? इसी बेबसी ने हमें रोक लिया। उसके बाद बेबसी हमारे चेहरे का स्थायी भाव बन गई।

हम जितना हो सकता उतना तेज़ चलते और स्कूल पहुँच जाते। बेबसी का आलम यह था कि अब हम बेर या कैथा लेने के लिए भी स्कूल से बाहर नहीं निकलते थे। छुट्टी का घंटा बजते ही तेज़ी से भाग लेते। सहेलियाँ हमारी पहले भी बहुत नहीं थीं, जो थीं अब हम उनसे बात करने के लिए भी नहीं रुकते थे। पूरे दिन में बस स्कूल का ही एक वक्त था जब हम खुलकर साँस ले पाते थे। लेकिन अब उस पर भी असर पड़ने लगा था। कई बार हमें क्लास में बैठे-बैठे लगने लगता था कि हमारे ठीक पीछे कोई साइकिल लेकर खड़ा है। हमारी बातचीत से अब छत पर अकेले जाने की, आँगन में सोने की, साइकिल पर घूमने की ख़्वाहिशें विदा लेने लगी थीं। रास्ते पर चलते

वक़्त हम हर साइकिल सवार को शक की नज़र से देखते थे और साइकिल देखते ही दूर से सतर्क हो जाते थे। हम सिर्फ़ इतना चाहते थे कि एक कोने में सुरक्षित बैठे रहें भले ही वहाँ हवा न आए और उमस हो। हमने उमस से नाराज़ होना छोड़ दिया था। पसीना पोंछना, आँसू पोंछने से कहीं आसान था।

धीरे-धीरे हम बदल रहे थे। हमें देख-देखकर मौसम ने भी बदलना शुरू कर दिया था। अब हमारी छातियों पर स्वेटर का कवच आ गया था। यह अच्छी बात थी कि अब हमारे दुपट्टे लापरवाह हो सकते थे। बहुत दिन बीत गए तो हम भी लापरवाह हो गए। साइकिल हमारे ज़हन से धीरे-धीरे धुँधली होने लगी। छमाही परीक्षा में रति इस बार चौथे नंबर पर आई थी। रति मेरी बड़ी बहन को यह बात बताने को बेताब थी। मेरी बहन उसे पढ़ाती थी इसलिए यह खुशी उसकी भी थी। रति यह खुशी अपने घर में किसी से नहीं बाँट सकती थी, क्योंकि घर में किसी को इस बात से फ़र्क नहीं पड़ता था कि वह क्लास में किस नंबर पर है। वह स्कूल भी सिर्फ़ इसलिए जा पा रही थी कि मेरे माता-पिता ने उसके पिता को समझाया था कि सरकारी स्कूल में ज़्यादा पैसा नहीं लगता और फिर मेरा साथ है तब तक रति को भी स्कूल जाने दें। मेरे पिता ने कहा था, ''जिस दिन रति फ़ेल हो जाएगी उस दिन स्कूल से नाम कटा दीजिएगा।'' यही कारण था कि रति फ़ेल नहीं होना चाहती थी। रति और मैं सुबह और सांझ की तरह लगते थे। एक बार हमारी क्लास की एक लड़की ने बताया था कि उसका भाई हमें 'श्वेत-श्याम पिक्चर' बुलाता है। उसका भाई रोज़ उसे स्कूल से लेने आता था और हमें अक्सर स्कूल के गेट पर मिल जाया करता था। हम दोनों सिर्फ़ मुस्कराए थे और उससे यह भी नहीं पूछ सके कि वह सीधे गोरी-काली क्यों नहीं कह देता। शायद उस दिन हमने पहली बार गौर किया था कि रति कुछ ज़्यादा ही उजली है, उसकी नाक तीखी है और वह वाकई सुंदर दिखती है। उस दिन हमने पहली बार, सुंदरता पर बात की और हमें लगा कि वातावरण वाकई सुंदर हो गया है। रति ने बताया कि ठंड में यदि रात में मलाई लगाकर सो जाओ तो सुबह त्वचा बहुत मुलायम हो जाती है। मैं जब तक उससे पूछ पाती कि ये उसे किसने बताया, उससे पहले दो लोग तेज़ी से हमारी तरफ़ बढ़े एक ने मुझे धक्का देकर गिरा दिया और दूसरे ने बिजली की फुर्ती से रति के मुलायम होंठों को

लगभग चबा लिया। रति की साँस इतनी तेज़ी से चल रही थी कि मैं ज़मीन पर गिरे होने के बावजूद उसे महसूस कर सकती थी। स्वेटर पहने होने के बाद भी मेरी कोहनी छिल गई थी। हम उस लड़के को देखकर सकते में आ गए। यह वही था, श्वेत-श्याम वाला। हम कुछ समझ पाते उससे पहले वो दोनों अँधेरे में गुम हो गए।

अँधेरे ने हमारे समूचे वजूद को कब्ज़े में ले लिया था। हमें लगने लगा था अब अंधकार ही हमारा वजूद है।

मैंने अपने कपड़े झाड़े और रति का हाथ पकड़ लिया। उसकी घुटी-सी चीख निकली और वह मुझसे लिपट गई। हमने खुद को सामान्य किया और धीरे-धीरे चल दिए। मैंने रति से पूछा कि क्या इस बारे में घर पर किसी को बताया जाए। रति ने इनकार में सिर हिला दिया। वह जानती थी कि इसका सीधा-सा मतलब स्कूल छुड़ा देना होगा। रति नहीं चाहती थी कि उस लड़की को भी बताया जाए कि उसका भाई ऐसी हरकत करता है। बात का बतंगड़ बन जाने से रति को हमेशा डर लगता था। रति के लाख मना करने के बाद भी मैंने तीन-चार दिन बाद अपनी बहन को गर्मी से लेकर सर्दी तक की घटना बता ही दी। मुझे हमेशा लगता था कि उसके पास हर बात का जवाब है और वही है जो मुझे हर स्थिति से बाहर ले आएगी। वह हमारे घर में इकलौती थी जो पिता से पैसों का हिसाब माँग लेती थी। वह कॉलेज में पढ़ रही थी और बच्चों को ट्यूशन पढ़ा कर अपनी फ़ीस निकालती थी। घर के खर्च का हिसाब भी वही रखती थी। मैं पढ़ने में अच्छी नहीं थी फिर भी वही थी जो माँ को समझाए हुए थी कि जब तक पास होती रहे स्कूल मत छुड़ाओ। मुझे वह दुनिया की सबसे आत्मविश्वासी लड़की लगती थी जो कुछ भी कर सकती थी। लेकिन उस दिन मैंने उसकी आँखों में भी डर के बादल देखे। उसके चेहरे के भाव एकदम बदल गए। उसने मुझसे सिर्फ़ इतना पूछा, ''तुझे तो कुछ नहीं किया ना?'' मैंने इनकार में सिर हिला दिया। फिर भी उसके चेहरे पर राहत के भाव नहीं आए। अगले दिन से वह हमें स्कूल छोड़ने जाने लगी और मेरे चचेरे भाई को ताकीद की कि वो हम दोनों को स्कूल से ले आया करे, क्योंकि आजकल अंधेरा जल्दी हो जाता है।

भाई के स्कूल से लेने आने के कारण हमारी आजादी में खलल पड़ता

था लेकिन इसके सिवा और कोई रास्ता भी नहीं था। या ऐसा हो सकता है कि उन दिनों हमने कोई और रास्ता अख्तियार करने की कोशिश नहीं की इसलिए हमें उसी रास्ते पर चलना पड़ा जिस पर हमें चला दिया गया। हालाँकि अब शाम ज़रा देर से ढलने लगी थी लेकिन फिर भी एक बार भाई का स्कूल लेने आने का नियम बन गया तो इसमें कोई बदलाव नहीं हुआ। परीक्षाएँ सिर पर थीं और हम मेहनत कर रहे थे क्योंकि मुझे पास होना था और रति को इस बार पहले नंबर पर आना था। धीरे-धीरे परीक्षाएँ बीतती जा रही थीं। एक दिन ऐसा भी आया जब हम सब दो महीने के लिए फिर बिछड़ जाने वाले थे। जिस मौसम से रति सबसे ज़्यादा नफ़रत करती थी वह फिर शुरू होने लगा था। सब कहते थे कि इस बार अप्रैल से ही इतनी गर्मी पड़ने लगी। हम दो महीने की ऊब से बचने के रास्ते खोज रहे थे। हमारे पास ही रहने वाली विनिता ने बताया कि वो इस बार सिलाई सीखेगी। हमें जैसे मन की मुराद मिल गई। रति ने सुझाया कि हम भी विनिता के साथ ही सिलाई सीखने चलेंगे ताकि कुछ देर तो घर से बाहर रहा जा सके। हम जानते थे कि सिलाई स्कूल कॉलोनी में है और कॉलोनी के घरों में तो कूलर भी होता है।

अभी हमें तीसरा दिन ही था कि वही लड़का ठीक हमारे सामने आ खड़ा हुआ। उसने बिना लाग लपेट कहा कि वो रति से प्यार करता है और शादी करना चाहता है। रति वहीं खड़ी रही, उसने रति के हाथ में एक पुर्जा थमा दिया। पुर्जा मैंने पढ़ा। कुछ अनगढ़-सी शायरी और बेतरतीब भाषा में लिखा हुआ था कि यदि रति नहीं मानी तो वह खुदकुशी कर लेगा। उसके बाद यह रोज़ का क्रम बन गया। वह आता और एक पुर्जा रति को थमा कर चल देता। हम ठीक-ठीक तय नहीं कर पा रहे थे कि इस स्थिति में क्या करें। पहले तो हम डरे लेकिन इस बार रति ने तय कर लिया था कि वो सिलाई स्कूल नहीं छोड़ेगी। महीना लगभग खत्म हो रहा था और वह लड़का रोज़ एक पुर्जा पकड़ा देता था। उस दिन पता नहीं क्या हुआ कि रति ने उसके चेहरे पर कस के एक तमाचा जड़ा और पुर्जा उसके सामने ही फाड़ कर फेंक दिया। हम तेज़ कदमों से सिलाई स्कूल में दाखिल हो गए। रति उस दिन बहुत अनमनी रही। मैडम ने उसकी तारीफ़ भी की कि उसके हाथ में सफ़ाई है और वह तेज़ी से सीख रही है। डेढ़ घंटे बाद हम निकले तो सूरज अपनी पूरी तेज़ी के साथ

चमक रहा था। हमने अपने सिर दुपट्टे से ढक लिए थे। मई में ग्यारह बजे की गर्मी भी चुभती-सी लग रही थी। कूलर की ठंडक के कुछ कतरे अभी भी हमसे चिपके हुए थे। रति ने धीरे से बस इतना ही कहा कि आज शाम वो अपने पिता को इस लड़के के बारे में बताएगी। मैंने उसे याद दिलाया कि हो सकता है कि इस वजह से उसका सिलाई सीखना और बाद में स्कूल भी बंद हो जाए। रति कुछ नहीं बोली और चुपचाप चलती रही।

हमने दुपट्टे ज़रा और सरका कर आँख तक कर लिए थे ताकि आँखों पर चमक न पड़े। अचानक मुझे गरमी की जलन से अलग कुछ महसूस हुआ। मैं समझूँ उससे पहले ही मेरा पैर बुरी तरह जलने लगा और मुझे इतनी भयानक चीख सुनाई पड़ी कि मेरा दिल दहल गया। मेरी नज़रों के सामने रति एक तरफ़ से मोम की तरह पिघल रही थी। उसे देखते हुए मैं तय नहीं कर पा रही थी कि वह चीखते हुए पिघल रही है या पिघलते हुए चीख रही है। मेरा पैर बुरी तरह जल रहा था। रति के बाल, पलकें, कान और कुर्ता जैसे लग रहा था नीचे टपकने को तैयार हैं। हम बीच सड़क पर थे। मेरे नथुनों में जैसे कुछ भर गया था। मुझे बस इतना याद है कि मैंने सड़क पर ही उल्टी की, चिल्लाई और गिर गई। जब मेरी बेहोशी टूटी तो मैंने खुद को बहुत सारे लोगों से घिरा पाया। किसी ने आवाज़ दी, ''होश आ गया।'' मैंने आँखें खोलीं, पैर पर मोटी पट्टी बँधी थी। मेरी बहन मेरे पास दौड़ी और सिर पर हाथ फेर दिया। मुझे लगा कि अब माँ मुझे मारेगी क्योंकि मैंने सिलाई स्कूल जाने की ज़िद की थी। पर मेरी आशंका के विपरीत वो रो रही थी। वो किसी से कह रही थी, ''गरीब आदमी के पास होता क्या है, भगवान ने लड़की को बचा लिया। अगर चेहरा बिगड़ जाता तो हम कहीं के नहीं रहते।'' उनका इतना सुनते ही रति की माँ बुक्का फाड़ कर रो दी थी। किसी ने बहुत रौब से कहा, ''भीड़ मत लगाइए, लड़की का स्टेटमेंट लेना है।'' मेरी बहन ने पानी पिलाने और कपड़े ठीक करने के नाम पर उनसे सिर्फ़ पाँच मिनट माँगे। वो लगभग मुझ पर झुक गई और कान में पूछा कि क्या मैं तेज़ाब फेंकने वाले लड़के को पहचानती हूँ। मेरे हाँ कहने पर उसने सिर्फ़ इतना कहा कि पुलिस जो भी पूछे मुझे हर सवाल के जवाब में इनकार ही करना है, चाहे कुछ भी पूछें। उसने 'चाहे कुछ भी पूछें' पर ज़ोर दिया। लोगों की बातचीत से मुझे

यह समझ आ रहा था कि किसी ने रति पर तेज़ाब फेंक दिया है। तेज़ाब यानी एचटूएसओफ़ोर (H_2SO_4)। मेरे दिमाग में महीने भर की घटना कौंध गई जब बहन मुझे एचसीएल (HCL) और एचटूएसओफ़ोर के फ़ार्मूले और उसके बारे में रटवा रही थी। एचटूएसओफ़ोर जो कार की बैटरी में होता है उसी ने मुझे बताया था, यदि चमड़ी पर गिर जाए तो बुरी तरह जला देता है। ओह रति, मैं रो दी। वह घबरा गई और उसने मुझे चुप कराया। माँ दौड़ कर मेरे पास आ गई। बहन घबरा कर बोली कि पैर दर्द करता है क्या।

मैंने अपना मुँह फेर लिया। हर बात से मुँह फेरने के अभ्यास के क्रम में यह मेरा पहला प्रयास था।

हमें जितना लगता था हमारे घरवाले उतने बुरे नहीं थे। माँ अब मुझसे बैठे रहकर किए जाने वाले काम भी नहीं कराती थी। रति अभी अस्पताल में ही थी और उसे आने में अभी और वक्त था। साल भर में हमारी ज़िन्दगी इतनी बदल गई थी। पिछली मई में हम गरमी से परेशानी की बातें किया करते थे, आँगन में सोना चाहते थे, कूलर की ठंडक की कल्पना करते थे लेकिन इस मई में रति किसी ठंडे कमरे में भी मछली-सी तड़पती रहती है। रति की माँ की आवाज़ अब मुझे कहीं दूर दुनिया से आती हुई लगती थी। उन्होंने माँ को बताया था कि उसे इतना दर्द होता है कि सो नहीं पाती। मैं दौड़ कर रति के पास जाना चाहती थी। लेकिन दौड़ना तो दूर मैं चल भी नहीं सकती थी। जब मेरा पैर मुझे दहकता-सा लगता तो मैं सिर्फ़ कल्पना ही कर सकती थी कि रति कैसा महसूस करती होगी। जुलाई बीतने को था लेकिन रति अस्पताल से नहीं आई थी। बारिश की बूँदें भी अब मुझे खुशी नहीं देती थीं। मेरी पट्टी उतर गई थी लेकिन नई खाल नाज़ुक थी और मुझे उसे बचा कर चलना था। माँ पैर पर एक पुराना दुपट्टा डाल देती थी ताकि उस पर मक्खियाँ न बैठें। मुझे स्कूल छूट जाने का कोई खास दुख नहीं था। मैं सिर्फ़ रति के लिए दुखी थी कि उसका स्कूल छूट रहा था।

अब मैं धीरे-धीरे चलने लगी थी। पैर के अँगूठे का घाव पूरी तरह भर गया था, टखने के आस-पास खाल सिकुड़ गई थी जैसे किसी ने बिना झटकारे गीले कपड़े को सुखा दिया हो। बहन ने बताया कि दीवाली से पहले रति भी घर आ जाएगी। लेकिन दीवाली के बाद वो लोग किसी दूसरी जगह रहने

चले जाएँगे, क्योंकि रति के पिता नहीं चाहते कि वे लोग अब इस मोहल्ले में रहें। मुझे अकबर और बीरबल की वह कहानी याद आ गई, जिसमें अकबर बीरबल को कहता है कि एक ऐसा वाक्य कहो जिसमें सुख और दुख दोनों हों। बीरबल कहता है, 'यह वक्त बीत जाएगा।' वक्त बीतना था सो बीत गया। सुबह मुझे पता चला कि रात ही रति अस्पताल से आ गई है। मैं खुशी से उसे गले लगा लेना चाहती थी, मैं उससे लिपट जाना चाहती थी। मैं पहुँची तो रति पलंग पर बैठी हुई थी। उसके बाल लड़कों की तरह कटे हुए थे। मैंने उसका हाथ पकड़ लिया। कमरे में सिर्फ़ हम दोनों थे। उसने मेरे हाथ पर हाथ रखा। उसका यही स्नेह पाने के लिए मैं कब से तरस रही थी। थोड़ी देर की चुप्पी के बाद उसने सिर्फ़ इतना ही पूछा कि मैंने पुलिस से झूठ क्यों बोला कि मैं तेज़ाब फेंकने वाले लड़के को नहीं जानती। मैंने सच-सच बता दिया कि दीदी ने मना किया। उसने सिर्फ़ इतना ही कहा कि यदि मैं बता देती तो हो सकता था कि उस लड़के को सज़ा हो जाती। मैंने कुछ नहीं कहा, उसने मेरे पैर के बारे में पूछा तो बदले में मैंने अपना पैर आगे बढ़ा कर बताया कि बहुत दर्द होता है और उसे अपनी सिकुड़ी हुई खाल दिखाने के लिए पैर आगे बढ़ा दिया।

वह एक झटके से मुड़ी और बोली, ''मुझसे ज्यादा दर्द होता है?''

उसकी दाईं आँख में सिर्फ़ एक गड्ढा था, दायाँ होंठ अजीब-सा फूल गया था और कान की लवें गायब थीं। उसके बाल थे ही नहीं और एक तरफ़ की नाक अजीब-सी होकर सिकुड़ गई थी, गरदन की चमड़ी मेरे पैर की चमड़ी से ज्यादा सिकुड़ गई थी। वह इतनी तेज़ी से पलटी कि मैं पीछे की ओर गिर गई और मेरे मुँह से चीख निकल गई। उसकी बाईं आँख में गुस्सा था और बायां होंठ फड़फड़ा रहा था। वह अर्धनारीश्वर की तरह दो तरह की लग रही थी। उसका बायां हिस्सा अभी भी उतना ही कोमल और सुंदर था लेकिन दाएं हिस्से पर जैसे बिजली गिर गई थी। वह लगातार सिर्फ एक ही बात बोले जा रही थी, ''मुझसे ज्यादा दर्द होता है क्या?'' रति ने हालाँकि अपना बयान दर्ज कराया था, लेकिन यदि मैं भी उस लड़के के बारे में बताती तो केस मज़बूत हो सकता था।

वह मेरी रति से अंतिम मुलाकात थी।

उसके जाने के बाद मुझे किसी मौसम से शिकायत नहीं रह गई थी। दरअसल मुझे किसी बात से ही शिकायत खत्म हो गई थी। लेकिन जब भी मौसम बदलता, मैं उसे याद ज़रूर करती थी। रति जिस दिन जा रही थी मुझे तेज़ बुखार था। मैंने दरवाज़े से झाँक कर सिर्फ़ उसकी एक झलक देखी थी। उसने खुद को सफ़ेद दुपट्टे से ढक रखा था। मेरी उम्मीद के विपरीत वह हमारे दरवाज़े की तरफ़ देखे बिना चली गई।

अब मैं थोड़ा-थोड़ा बाहर जाने लगी थी। दीदी ने वादा किया था कि वह मुझे रति से मिलाने ले जाएगी लेकिन परीक्षा के बाद। उस दिन पढ़ाते हुए वह मुझे निर्वात यानी वैक्यूम के बारे में पढ़ा रही थी। उसके बार-बार समझाने पर भी मैं समझ नहीं पा रही थी। उसने एक बार फिर बताया, ''जब आकाश के किसी आयतन में कोई पदार्थ नहीं होता तो कहा जाता है कि वह आयतन निर्वात यानी वैक्युम है। निर्वात की स्थिति में गैसीय दाब, वायुमण्डलीय दाब की तुलना में बहुत कम होता है।'' वह आगे कुछ कहती उससे पहले ही माँ ने आकर बहन से कहा, ''देख बबली हम सोचते ही रह गए कि रति से एक बार मिल आएँगे लेकिन वे सब लोग तो रति के मामा के पास आगरे चले गए।'' माँ का इतना कहना था कि मुझे अचानक निर्वात की परिभाषा समझ आ गई।

मुझे विज्ञान से नफ़रत हो गई थी, जिसमें एचटूएसओफ़ोर जैसे फ़ॉर्मूले और वैक्यूम जैसी परिभाषाएँ थीं। अब मुझे एचटूएसओफ़ोर का फ़ॉर्मूला बस तब ही याद आता था जब मैं अपना पैर देखती थी और पैर देखने पर मुझे एक पिघली हुई लड़की याद आ जाती थी। मुझे अब पैर में दर्द नहीं होता था लेकिन दिल में स्थायी रूप से दर्द रहने लगा था। मैंने उन तमाम रास्तों पर जाकर रति से अपने झूठ के लिए माफ़ी माँग ली थी जहाँ कहीं भी कभी मैं उसके साथ गई थी। लेकिन दर्द था कि खत्म ही नहीं होता था। उसके बाद दो साल और हम उस मोहल्ले में रहे पर मैंने फिर कभी उस लड़के को नहीं देखा। मैं सोचती रहती थी कि यदि वह मुझे मिलेगा तो मैं दौड़ कर उसे पकड़ लूँगी और पुलिस के हवाले कर दूँगी। पर ऐसा कुछ नहीं हुआ। दिन बीतते गए और मैंने एमए कर लिया।

मुझे न वो लड़का मिलता था न वो लड़की जिसकी वजह से मेरे दिल में हमेशा दर्द रहता था। मैंने सारी उम्मीदें छोड़ दीं। तभी जैसे चमत्कार हुआ

और बाज़ार में चलते हुए जैसे मैंने महसूस किया कि मेरे आगे रति चल रही है। मैंने तेज़ी से कदम बढ़ाए और उसे पकड़ लिया। रति, मेरे मुँह से सिर्फ़ इतना ही निकला। वह थोड़ी देर देखती रही और उसने मुस्कराकर कहा, ''राखी?'' उसके मुस्कराकर राखी पूछने भर से मैंने महसूस किया कि मेरे दिल का दर्द ठीक हो गया है। उसकी गोद में एक गदबदी बच्ची थी जो टुकुर-टुकुर मुझे ताक रही थी। रति ने बच्ची की ओर देख कर कहा, ''गिन्नी देखो, राखी मौसी।'' उसके मौसी कहने से रहा-सहा बोझ भी जैसे उतर गया और मैं फूल-सी हल्की हो गई।

हम देर तक एक रेस्टोरेंट में बैठे रहे। अब हमें अंधेरा हो जाने या देर हो जाने का भी डर नहीं था। उसने पर्स से अपना टैब निकालकर मुझे अपने और पति के फ़ोटो दिखाए। उसके मामा के दफ़्तर में काम करने वाले किसी अधिकारी के विकलांग बेटे के लिए उन्हें कोई ऐसी लड़की चाहिए थी जो उसे ठीक से रख सके। लड़का पढ़ा-लिखा था और अमेरिका में नौकरी कर रहा था। एक दुर्घटना में उसके दोनों पैर खराब हो गए थे। वो लोग रति से शादी के लिए फ़ौरन तैयार हो गए। पर रति व्हीलचेयर पर रहने वाले लड़के के लिए मन से तैयार नहीं थी। रति की आवाज़ रुंध गई जब वह बता रही थी कि माँ ने उससे कहा था कि गरीब परिवार की लड़कियाँ अच्छे परिवार में ब्याह जाएँ तो ही किस्मत होती है। फिर यहाँ तो सब पढ़े-लिखे हैं, लड़का अमेरिका में है इससे ज्यादा रति अपनी किस्मत से और क्या चाहती है। रति के मामा ने तो यहाँ तक कह दिया कि इस चेहरे के बाद भी वो लोग रति से शादी कर रहे हैं तो वो लोग महान हैं।

गिन्नी सोफ़े पर ही सो गई थी। मैंने हिम्मत कर पूछा कि उसने मुझे लड़के को न पहचानने के लिए माफ़ किया या नहीं? वो हँस दी। उसने डोसे का आखिरी कौर मुँह में डाला और बोली, ''अब इस बात से कोई फ़र्क पड़ता है क्या?''

❑❑❑

राजपाल एण्ड सन्ज़ की स्थापना एक शताब्दी पूर्व 1912 में लाहौर में हुई थी। आरम्भिक दिनों में अधिकतर धार्मिक, सामाजिक और देश-प्रेम की पुस्तकें प्रकाशित होती थीं और हिन्दी के अतिरिक्त अंग्रेज़ी, उर्दू व पंजाबी भाषा में भी पुस्तकें प्रकाशित की जाती थीं।

1947 में भारत-विभाजन के बाद राजपाल एण्ड सन्ज़ को नए सिरे से दिल्ली में स्थापित किया गया और साहित्यिक पुस्तकों के प्रकाशन का आरम्भ हुआ। रामधारी सिंह दिनकर, महादेवी वर्मा, बच्चन, अज्ञेय, शिवानी, आचार्य चतुरसेन, विष्णु प्रभाकर, राजेन्द्र यादव, मोहन राकेश, रांगेय राघव, कमलेश्वर और अन्य साहित्यिक लेखकों की कृतियाँ यहाँ से प्रकाशित होने लगीं। राजपाल एण्ड सन्ज़ से प्रकाशित *मधुशाला*, *कुरुक्षेत्र*, *मानस का हंस*, *आवारा मसीहा*, *कितने पाकिस्तान*, *आषाढ़ का एक दिन* जैसी पुस्तकें हिन्दी साहित्य की 'क्लासिक पुस्तकें' मानी जाती हैं और आज भी लोकप्रियता के शिखर पर हैं। भारत के राष्ट्रपतियों और प्रधानमंत्रियों की पुस्तकें प्रकाशित करने का गौरव भी राजपाल एण्ड सन्ज़ को प्राप्त है। नोबेल पुरस्कार से सम्मानित अर्थशास्त्री डॉ. अमर्त्य सेन की सभी पुस्तकों के हिन्दी अनुवाद यहाँ से प्रकाशित हैं। अन्तरराष्ट्रीय चर्चित पुस्तकों के अनुवाद, विश्वविख्यात कोशकार डॉ. हरदेव बाहरी द्वारा सम्पादित 'राजपाल' शब्दकोशों की शृंखला और किशोरों के लिए सैकड़ों पुस्तकें राजपाल एण्ड सन्ज़ से प्रकाशित हुई हैं।

पाठकों के स्वस्थ और सुरुचिपूर्ण मनोरंजन और ज्ञानवर्धन के लिए समर्पित राजपाल एण्ड सन्ज़ से हिन्दी और अंग्रेज़ी में पुस्तकें प्रकाशित होती हैं जो देश के सभी बड़े पुस्तक-विक्रेताओं और विश्व भर के ऑनलाइन विक्रेताओं के यहाँ उपलब्ध हैं।

राजपाल एण्ड सन्ज़

1590 मदरसा रोड, कश्मीरी गेट, दिल्ली-6, फोन: 011-23869812, 23865483
email: sales@rajpalpublishing.com, facebook: facebook.com/rajpalandsons
website: www.rajpalpublishing.com